CARBÓN ANIMAL

TÍTULO ORIGINAL:
Carvão animal

© 2011, Ana Paula Maia
© de la traducción, 2018, Teresa Matarranz
© 2018, Jus, Libreros y Editores S. A. de C. V.
Donceles 66, Centro Histórico
06010, Ciudad de México

Carbón animal
ISBN: 978-607-9409-93-7

Primera edición: mayo de 2018

Diseño de interiores: Sergi Gòdia
Composición: Isao Dabó Seca

ANA PAULA MAIA

CARBÓN ANIMAL

TRADUCCIÓN DEL PORTUGUÉS
DE TERESA MATARRANZ

I

Al final sólo quedan los dientes. Permiten identificarte. El mejor consejo es conservar los dientes antes que la dignidad, porque la dignidad no va a decir quién eres, o mejor, quién fuiste. Tu trabajo, tu dinero, tu documentación, tu memoria o tus amores, de nada servirán. Cuando el cuerpo se convierte en carbón, los dientes preservan al individuo, su verdadera historia. Los que no poseen dientes no llegan ni a miserables. Se tornan cenizas y pedazos de carbón. Sólo eso.

Ernesto Wesley arriesga su vida continuamente. Se lanza contra el fuego, atraviesa humaredas negras, traga saliva que sabe a hollín y reconoce el material de los muebles de cada estancia por el crepitar de las llamas.

Se ha acostumbrado a los gritos de desesperación, a la sangre y a la muerte. Cuando empezó a trabajar descubrió que hay en esta profesión una especie de locura y determinación por salvar al prójimo. Sus actos de valor no le parecen particularmente heroicos. Al acabar el día, todavía siente sus efectos. El intento de preservar alguna esperanza de vida en algún lugar es lo que hace que se levante y se dirija al trabajo.

Los fracasos son mayores que los éxitos. Ha comprendido que el fuego es traicionero. Surge silencioso, se arrastra sobre cualquier superficie, borra los vestigios y no deja más que las cenizas. Todo lo que una persona construye y todo lo que ostenta, lo devora de un lengüetazo. Todo el mundo está al alcance del fuego.

A Ernesto Wesley no le gusta tener que ocuparse de accidentes automovilísticos o aéreos. No le gusta la ferralla y mucho menos tener que serrarla. La motosierra le perturba. Mientras separa los hierros retorcidos, el temblor del cuerpo le hace perder por breves instantes la sensibilidad de los movimientos. Se siente rígido, mecánico. Un error es fatal. Cuando alguien se equivoca en un trabajo como éste se convierte en un maldito, en un condenado. Hay que arriesgarse constantemente. Para eso le pagan. Para eso sirve. Ha sido entrenado para el salvamento y cuando falla, las miradas de decepción del resto arrastran su honor por el polvo.

A lo único que le gusta enfrentarse es al fuego. Esquivar sus lenguas y huir de las llamas violentas que encuentran abundante oxígeno. Arrastrarse por el suelo que cruje bajo su vientre, sentir el calor atravesándole el uniforme, el yeso que cae, los pisos que van desmoronándose uno sobre otro, los cables colgando y las paredes partidas. Oír el crepitar de las llamas que cronometran su resistencia, el instante inminente de la muerte y, por fin, cargar sobre las espaldas un peso mayor que el suyo y rescatar a alguien que nunca olvidará su rostro tiznado.

En lo suyo Ernesto Wesley es el mejor, pero poca gente lo sabe.

Le sonríe al espejo del cuarto de baño y a continuación se pasa el hilo dental. Limpia cuidadosamente todos los intersticios y concluye la limpieza con un enjuague bucal mentolado. Tiene los dientes limpios. Pocos empastes. En una muela lleva una funda de oro. Fundió la alianza de boda de su difunta madre y revistió el diente. Es para la identificación, por si muere trabajando o en otras circunstancias. Un diente de oro es una peculiaridad, permitirá que lo identifiquen más fácilmente.

—¿Cómo está Oliveira? —pregunta un hombre de pie ante el urinario.

—Dicen que bien —responde Ernesto Wesley—, pero han tenido que amputarle la mano.

—¡Joder!

El hombre termina de orinar y se acerca a la pila para lavarse las manos. Las mira y suspira. Del grifo sale un hilillo de agua ocre.

—Este grifo está averiado —dice el hombre.

—No es el grifo. Hay poca agua, aquí.

—Esta agua es inmunda.

—Las tuberías, que son viejas. Todo es viejo.

—Eso me hace sentir aún más viejo. ¿Han encontrado la dentadura de Guimarães?

—La he buscado entre los escombros, pero no la he visto.

—¿Cómo han identificado el cuerpo?

—Una señal de nacimiento en un pie que le quedó prácticamente intacto. Parecía que nos lo hubiera guardado para que lo pudiéramos identificar.

—Sin los dientes, hay que tener un golpe de suerte así.

—Tuvo mucha suerte, Guimarães. Tenemos aún seis cuerpos destrozados sin identificar. Y a otro compañero desaparecido.

—Ya. Pereira.

—Sólo queda esperar el informe de los forenses.

—Pereira tenía los dientes pequeños y puntiagudos.

—Unos dientes horribles, todos cariados.

Los dos hombres se miran mutuamente en el espejo y permanecen unos segundos escuchando el arrullo inquietante del fluorescente, que crepita como si fuera a fundirse de un momento a otro.

—Serán esos dientes tan feos los que le saquen ahora del apuro —dice Ernesto Wesley.

—Y que lo digas. Yo a Pereira le encontraba sólo con verle los dientes.

—Dientes de tiburón.

Un hombre bajo y de mirada escrutadora abre la puerta del baño. Lleva una carpeta.

—Tenéis que despachar un accidente.

Ernesto Wesley termina de orinar y se sube la bragueta.

—Un choque entre dos coches y un camión. Hay cuerpos atrapados entre la chatarra.

11

—A Frederico se le da muy bien la sierra.

—Hoy libra. Sólo quedáis vosotros.

—¿Cuántas víctimas?

—Seis.

—¿Borrachos?

—Dos.

—Me siento como un pordiosero de mierda, rebuscando en la basura —murmura Ernesto Wesley, que había permanecido callado hasta ese momento.

—Es lo que eres —dice el hombre.

Los dos hombres siguen al tercero y se dirigen al camión. El accidente queda a cinco kilómetros, en una autopista.

—Tengo ganas de fumar —dice Ernesto Wesley.

—Yo también. No sé cómo tienes los dientes tan blancos.

—Me los froto con bicarbonato.

—Tienes los mejores dientes de la brigada, Ernesto.

—Y tú los mejores incisivos que he visto nunca. Un rectángulo perfecto. Deja en los bocadillos un mordisco inconfundible.

—¿Te has dado cuenta?

—Yo y toda la brigada. Sé cuándo un bocadillo es tuyo por el mordisco.

El hombre, admirado, se ajusta la hebilla del cinturón de seguridad hasta oír el clic.

—No me gusta serrar. Me deja tocado —murmura Ernesto.

—Puede que no haga falta.

Ernesto Wesley mira el cielo. Está estrellado y la luna no ha salido todavía. Entorna los ojos y mueve la cabeza, pero no la encuentra.

—Me va a costar —dice Ernesto Wesley—. Ya sabía yo que hoy iba a tener que usar la motosierra…

—Odio a los borrachos —murmura el hombre.

—Yo también —asiente Ernesto Wesley.

—Parece que fue ayer cuando murió mi hermana en la Carretera de las Colinas.

—Me acuerdo. Tuve que sacar al tipo de entre la ferralla. Un calvo de mierda.

—La partió por la mitad.

—Sí, de eso también me acuerdo.

—Te juro que quería matar a ese miserable. Estuve a punto.

—También nos pagan para salvar a los desgraciados, los borrachos y los calvos hijos de puta.

—Estoy harto de esa chusma irresponsable.

—Hay que convivir con el olor a mierda. Para eso nos pagan —zanja Ernesto.

Ernesto Wesley baja la cabeza, resignado. Sus ojos arden, lagrimean, pero hace tres años que no llora. No consigue llorar. Las lágrimas se le han evaporado.

El silencio cae sobre los hombres. Están cansados, pero han aprendido a actuar mecánicamente. Conocen sus limitaciones, que no son pocas. La autopista bordea un río y Ernesto Wesley observa su cauce, tan ancho que debe forzar la vista para distinguir el confín de sus plácidas e inmundas aguas turbias, como si buscara algún sentido o destino en vados que se extienden hasta el infinito, pero no siempre es posible ir donde ya no alcanza la mirada. Ernesto Wesley es un hombretón de espaldas anchas, voz grave y mandíbula cuadrada, pero todo eso pierde importancia si se compara con sus ojos, unos ojos profundos y negros, de un brillo intenso. No es un brillo de alegría sino de fuego, del fuego que tantas veces ha admirado y combatido. Cuando uno atraviesa la barrera de fuego que ilumina su mirada, no encuentra más que rescoldos. Su alma abrasa y el aliento le huele a hollín.

Antes de cumplir los dieciséis años, Ernesto Wesley se enfrentó a cuatro incendios en las casas donde vivió. Su pacífica familia se veía constantemente acorralada por el fuego, que comenzaba siempre soterrado en alguna estancia de la casa.

13

Nunca sufrieron lesiones graves. La última vez le salvó la vida a su hermano mayor, Vladimilson, que quedó atrapado en la habitación cuando la puerta se atrancó. A Ernesto Wesley le aterrorizaba el fuego y flaqueaba al acercarse a la menor fuente de calor o ráfaga de aire cálido. Pero cuando volvió al interior de la casa para rescatar a su hermano se quemó por primera vez. Y vio que el fuego no le hacía daño, curiosamente. No sentía su ardor, no le dolía. Se cargó al hombro a Vladimilson, que estaba inconsciente, y ya no perdió ninguna otra oportunidad de enfrentarse a las llamas.

Ernesto Wesley no siente el ardor del fuego en la piel. Tiene una enfermedad rara, la analgesia congénita, una deficiencia estructural del sistema nervioso periférico central que le hace insensible al fuego, las cuchilladas y los pinchazos. Desde que se enteró, se mide con el fuego constantemente.

Para ingresar en el cuerpo tuvo que ocultar su enfermedad; si supieran el riesgo que corre, no lo hubieran admitido. Puede caminar sobre las brasas, atravesar columnas ardientes y resistir el embate de las llamaradas. Se quema, pero no lo nota.

Son pocos los que llegan a adultos con su enfermedad. Tiene marcas violáceas por todo el cuerpo.

Ha aprendido a palparse para ver si tiene algún hueso fuera de sitio. Se ha roto las piernas, las costillas y los dedos. Ernesto Wesley está muy pendiente de su cuerpo y cree que su enfermedad va más allá de la mera patología clínica; es un don.

Al no sentir dolor, su valentía aumenta hasta tal punto que llega hasta donde no llegaría ningún otro hombre; o muy pocos.

Se hace revisiones y pruebas con regularidad para saber si está bien de salud. Porque está persuadido de que puede soportar pruebas más duras que los demás. Pero hay un tipo de dolor al que no es insensible. Su corazón, en contrapartida a su enfermedad, padece un mal irreparable: el dolor de la pérdida. Lo mortifica terriblemente, la pérdida.

En mitad de la autopista parpadean unas luces rojas y amarillas. Dos policías hacen señas para que los coches circulen por un solo carril. El coche se detiene y los hombres se apean. Ernesto Wesley distingue a lo lejos el amasijo de ferralla. Han chocado dos coches y un camión. Se han fundido. Tendrá más faena de la que creía. Se pone el mono especial, los guantes de malla, el casco de soldador y coge la motosierra con la que liberará de la chatarra a las víctimas. Espera la orden para entrar en acción. Otro equipo de rescate ha llegado antes. Ernesto Wesley sólo tendrá que talar los árboles. Es lo que suele decir cuando ha de abrir un boquete en la chatarra.

—Son cinco víctimas o, mejor dicho, seis —le dice uno de los bomberos del otro equipo—. Tres han quedado atrapadas entre los hierros, con un perro. A las otras dos ya las han trasladado al hospital.

Ernesto Wesley comprueba el estado de los coches y el camión. El conductor del camión es el único que ha salido ileso. Está de pie, junto a los bomberos, tratando de echar una mano. Es su quinto accidente y ha salido siempre con vida. La placa cuadrada del camión ha puesto en guardia a los bomberos: líquido inflamable. Una explosión química es una de las cosas de las que es más difícil escapar. Uno de los bomberos ha hecho una inspección y ha concluido que no hay riesgo de fuga. Ernesto Wesley pone en marcha la motosierra y no oye ya ningún otro gemido, sirena ni nada parecido, inmerso como está en la anestésica vibración de la sierra y el chirrido estridente de la cuchilla contra los nudos de hierro.

Lo único que le gusta de la ardua tarea que es serrar la chatarra son las chispas que saltan por los aires sin orden ni concierto, danzando nerviosamente. Algunas no se disipan y descienden hasta el suelo.

Una niña de cinco años ha quedado atrapada y está consciente. Tiene a su perro, un labrador, aplastado sobre el regazo. La sangre del animal le ha cubierto el rostro y la niña no deja de llamarlo. Habrá que serrarlo junto al resto del coche; el problema será el trauma que le causará a la niña. Primero habrá que retirar la cabeza y después las demás extremidades. Si no fuera por el perro, la niñaw estaría muerta. Ernesto Wesley no puede dejarse llevar por la emoción. Hay que talar los árboles. Aunque sienta que le arde el corazón siempre que rescata a un niño, sabe que a nadie le importan sus miserias. En esta profesión no se pueden rumiar las tragedias personales. Es un oficio que curte el carácter, que lo obliga continuamente a hacer frente a lo peor. Todo empequeñece cuando se compara con la muerte. Con una muerte que no es tranquila, soñolienta, con una muerte que desmiembra y desfigura, que transforma a los seres humanos en pedazos desvencijados. Cráneos triturados, miembros aplastados y mutilados. Cuando una persona en estado de shock ve que su pie yace a dos metros de distancia o su pierna ha ido a parar a la mediana de la autopista, no lo olvidará jamás. Se pueden perder: el amor, el dinero, el respeto, la dignidad, la familia, los títulos y la posición social. Todo eso se puede recuperar, pero un miembro mutilado no hay quien lo devuelva a su lugar.

Ernesto Wesley sierra la cabeza del perro y parte del panel del coche. Saltan chorros de sangre y virutas de acero. La niña está en estado de shock. Resiste dos horas sin perder la conciencia y sale con una pata bien agarrada. Lo más conmovedor ha sido el rescate de la niña, el de los padres será lo peor.

El padre perderá algún miembro si Ernesto pierde la concentración. Y es aún más difícil a causa del chaparrón, que ha durado cerca de cuarenta minutos y le ha dejado el mono empapado. Los compañeros parecen extenuados. Quedan pocos curiosos en el lugar.

El que más cansado está es Ernesto Wesley. Su cansancio se hace patente cuando la sierra trepida entre los engranajes del vehículo, se le escurre entre las manos y alcanza la pantorrilla del hombre. Para un momento. Respira hondo. Mira en derredor. Hace cinco horas que está serrando.

—Hay que relevar a aquel hombre —ordena el mando responsable de la operación.

El otro bombero, el que ha sido designado para acompañar a Ernesto Wesley, se hace cargo de la motosierra. Tras ponerse el uniforme de protección, le da a Ernesto Wesley dos palmadas en la espalda.

—Me llegó el turno. Descansa un poco, chico. Tienes muy mala cara.

—Serrar me pone negro, ya te lo he dicho. La cabeza me va a estallar.

Cuando el bombero se dispone a sacar a la madre, ya está muerta. Puede tomarle el pulso, pues tiene la cabeza reclinada sobre el asiento trasero, junto a la ventana abierta. Tendrá que serrar más de una hora para sacarla. Saltan chispas sin cesar, y cuando una fuga de líquido inflamable pasa desapercibida, es fatídica de necesidad. Lo peor de esta profesión es que el error de un hombre lo pagan todos los demás. El bombero que serraba ha salido despedido hacia el otro lado de la calzada mientras Ernesto Wesley se tomaba un analgésico junto a la ambulancia. El cuerpo del hombre en llamas ha cruzado el cielo de madrugada. Ha sentido cómo la piel se le arrugaba y se le erizaban los cabellos y, al caer sobre el asfalto aún con vida, ha oído cómo le estallaban los huesos entre las llamas, que enseguida le han inflamado las entrañas. Se transformaba ya en carbón animal y podía oler la peste a chamusquina de su piel, sus músculos, sus nervios y sus huesos.

Los dientes le han quedado intactos y hasta los forenses han coincidido: jamás habían visto a un cadáver con mejores incisivos.

II

La grasa funciona como combustible y aumenta la intensidad del fuego, por eso una persona delgada tarda más que una gorda en ser reducida a cenizas. El horno crematorio alcanza una temperatura de mil grados centígrados. Ni siquiera los dientes consiguen soportar esa clase de calor. La cola de cuerpos para incinerar siempre es larga. Se conservan congelados hasta que se introducen en el horno, después se muelen los restos duros como piedras, que acabarán reducidos a una ceniza de grano uniforme y suave.

Al carbonizar un cuerpo, las extremidades se contorsionan y se encogen. Lo que una vez fue humano parece replegarse sobre sí mismo. La boca se abre desmesuradamente y luego se contrae. Los dientes saltan. El rostro se marchita y se torna un grito congelado de horror.

Ronivon pasa un detector de metales portátil sobre el pecho consumido de un viejo antes de cerrar el ataúd. Es una medida obligatoria, porque si hubiera un marcapasos explotaría al someterse a las elevadísimas temperaturas del horno.

El aparato pita y parpadea una pequeña señal luminosa. Hace semanas que está averiado. Ha pedido uno nuevo, pero aún no se lo han traído. Ronivon lo sacude un par de veces y se enciende la luz verde, indicando que vuelve a funcionar.

El viejo ha muerto de una afección pulmonar. Fumó durante cuarenta y siete años. De hecho, durante todo ese tiempo se fue quemando poco a poco. De los pulmones ha quedado apenas un pedazo del lado izquierdo. La piel amarillenta está extraordinariamente arrugada, parece la piel de una cobra. Los pliegues son profundos. Tiene las puntas de los dedos de color caramelo, por el humo del tabaco. Un cuerpo así, delgado y reseco, tardará más tiempo en quemarse. El siguiente ataúd es el de una mujer de cuarenta y ocho años. Hermoso el rostro. Los cabellos lisos y negros. Ha muerto de un infarto, cosa poco frecuente entre las mujeres. La ficha de control dice que hoy quedan todavía seis cuerpos para ser incinerados.

El horno crematorio mide tres metros de ancho por dos sesenta de largo y dos cuarenta de alto. Es un modelo de horno que permite quemar por separado dos cuerpos a la vez, lo cual aumenta la eficiencia del proceso. Desde que cambiaron el antiguo horno por éste, las horas de trabajo cunden mucho más. La pausa del almuerzo ha ganado doce minutos gracias a la mejora.

Ronivon abre la puerta del horno e introduce los ataúdes, cada uno en su estante. Regula la temperatura a ochocientos grados centígrados y comprueba el tiempo. Los cuerpos se introducen en el horno cuando está frío. Se sienta en un banco de plástico y hojea una revista que le han dejado en recepción.

No todo el mundo sabe que incineran dos cuerpos a la vez. La «carbonera», como los trabajadores llaman a la sala de los hornos, está en el sótano. Los familiares se quedan en el piso de arriba, en salas para ceremonias fúnebres separadas, velando al muerto antes de que sea incinerado. La despedida dura quince minutos. Ronivon cree que el ser humano debe volver al polvo, pues del polvo fue creado. No se conforma con las cenizas finales. Cree que es necesario convertirse en polvo. Las cenizas son subversivas. El esqueleto, los restos de tejido orgánico y los cabellos son vestigios que tardan años en desintegrarse. Volverse cenizas es no dejar rastro. Es no tener sepultura, morada póstuma, flores el día de difuntos ni visitas que valgan. Un cadáver es reconocible, al menos en un laboratorio. Reducido a cenizas, ya no es posible identificar su origen; saber si fue un hombre o un animal.

Por una mirilla comprueba que el cuerpo de la mujer se consume rápido, como suponía. El viejo, reseco y escuchimizado, no parece haber sufrido grandes alteraciones. Será una incineración lenta.

En el columbario, donde se depositan las urnas, siempre quedan cenizas olvidadas. La gente del crematorio se deshace todos los días, por falta de espacio, de dos o tres urnas que los deudos se olvidaron de recoger y que se guardan durante un periodo máximo de treinta días, como estipulan las normas y procedimientos obligatorios listados en una pizarra de la recepción:

NO SE ENTREGARÁN CENIZAS QUE NO CUMPLAN EL PROTOCOLO.

LOS RESTOS MORTALES SÓLO PODRÁN RETIRARSE PREVIO PAGO DE LA FACTURA.

LAS CENIZAS ESTARÁN A DISPOSICIÓN DE LOS DEUDOS DOS HORAS DESPUÉS DE LA INCINERACIÓN.

LAS SALAS DE HONRAS FÚNEBRES ESTARÁN DISPONIBLES DURANTE QUINCE MINUTOS.

TODOS LOS CUERPOS DEBERÁN SER IDENTIFICADOS POR LOS FAMILIARES ANTES DE PROCEDER A SU INCINERACIÓN.

LAS CENIZAS SE CONSERVARÁN EN EL COLUMBARIO POR UN PERÍODO MÁXIMO DE TREINTA DÍAS.

La letra menuda informa a los familiares que si se dejan olvidadas las cenizas, un empleado del crematorio las esparcirá o enterrará, con el debido respeto, junto a los rosales del bien cuidado jardín del crematorio. Bien cuidado en la zona destinada a los deudos para que esparzan las cenizas de sus muertos, lugar que se conoce como el «jardín cinerario». En la parte trasera, las malas hierbas, las flores mustias y las moscas apelotonadas en zanjas hediondas reciben los restos lanzados a un arroyo que conduce a la cloaca. Porque es precisamente a las cloacas donde van a parar los restos mortales, es decir, las cenizas procedentes de la carbonera. Con el debido respeto, lo que fue humano se arroja entre las heces.

Morimos, nos queman hasta carbonizarnos, nos reducen a un polvo uniforme y luego un extraño nos lanza a la cloaca. La ceremonia fúnebre es para los otros. A los muertos sólo les quedan las cenizas, que vuelven al polvo. Y a los menos afortunados, el túmulo de la inmundicia y las cloacas.

Es un trabajo sencillo. No da problemas, siempre que a uno le guste el fuego y aguante bien el calor. El cliente nunca reclama, y si la mercancía sufre algún desperfecto basta rellenar la urna funeraria con los restos de cenizas que guarda el operario encargado del mantenimiento del horno. Coge puñados de cenizas de otras cremaciones y las va guardando en un jarrón de plástico. Después se muelen bien y reponen la falta del polvo que se haya perdido.

Se abre la puerta y entra el supervisor del crematorio comiendo un bizcocho. Se llama Palmiro. Se quedó tuerto por un descuido, cuando una chispa le alcanzó el ojo durante una cremación. No lleva parche. Prefiere exhibir el ojo ciego. Es blanquecino donde debería ser negro, lagrimea con frecuencia y tiene en el blanco unas venas hinchadas que le dan un aspecto francamente aterrador. Ronivon ha aprendido a no mirar el ojo ciego.

—¿Tiran, Ronivon?

—Más o menos. Hay un viejo más seco que un palo.

—Ésos son los peores.

—Sí. Encima era fumador.

—Aún me acuerdo de los fumadores de cuando era incinerador. Tienen el cuerpo habituado al fuego y al calor. Resisten la tira.

—Pues me quedan seis cuerpos más, no creo que llegue a la timba.

—Sin ti la mesa se nos queda coja. Serán seis cuerpos, pero son sólo tres turnos.

—Me voy a retrasar por culpa de ese viejo.

—Eran pocos en su velatorio. Ni siquiera los vi muy tristes.

—Supongo que alguien tendrá que arrojarlo al arroyo.

Palmiro suspira y baja la cabeza. Es triste ese final. Por lo general, es él quien lanza los restos al arroyo. Ronivon se levanta, comprueba la temperatura del horno y controla los engranajes. El cuerpo del viejo empieza a ceder al fuego.

—La timba es sagrada.

—Ya lo sé, Palmiro. Todo depende de la hora a la que salga.

—Lo único que quiero ahora mismo es que este horno arda como el infierno.

Palmiro da un portazo al salir. Recorre despacio el largo pasillo hacia las escaleras. Es un hombre achaparrado, con el pelo ralo y la mirada temblorosa. De tanto aspirar hollín durante los muchos años que pasó en una carbonera, primero, y luego quemando cuerpos, tiene los pulmones perjudicados. Su respiración es trabajosa, y no deja de sacar, en ruidosos esputos, una flema viscosa que envuelve en pedazos de papel higiénico y se guarda en los bolsillos. Antes de llegar a las escaleras, da media vuelta y regresa a la sala de los hornos. Asoma apenas la cabeza por la puerta.

—¿Te encargas tú de moler, Ronivon? —grita.

—Sí. Los tengo que moler a todos. Hoy estoy solo.

—No te preocupes. Ahora te mando a J. G. para que te eche una mano. Sabe moler.

Ronivon se despereza. Tiene sed. El calor del horno le obliga a beber cuatro litros de agua al día. Sus pulmones se han debilitado de beber tanta agua helada con el cuerpo caliente. Se pone en pie y coge una chaqueta azul colgada detrás de la puerta en cuya pechera izquierda se lee, en letras bordadas, *Cerro de los Ángeles*.

Va hasta el pasillo, donde está el lavabo de los empleados. Se moja la cara y examina sus dientes. Tiene unos dientes fantásticos.

Antes de trabajar en el sótano del crematorio, Ronivon trabajó en otro sótano, el de un viejo edificio que alojaba una fábrica de jabón artesanal. Pasaba allí las horas removiendo una olla enorme de grasa hirviendo. El olor no era como el del carbón, era una peste a excrementos, sebo y sobras. Sus ojos permanecían fijos en un remolino de glicerina, ácido graso, tejido adiposo, manteca y tocino. Mientras trabajaba en aquella fábrica, al nivel de las ratas, pensaba con frecuencia en la forma de escapar si el edificio se derrumbaba. Había enormes oquedades, paredes resquebrajadas de arriba abajo cuyas grietas albergaban todo tipo de insectos. A su juicio, si el edificio colapsaba, los trabajadores de aquel sótano no tenían ninguna posibilidad de escapar. La estructura soportaba el peso de seis plantas y sabe Dios lo que guardaban allá arriba. Después de pasar cuatro años allí, removiendo la olla de grasa hirviendo, se fue a quemar muertos a otro sótano. De eso hace ya cinco años. Dentro de un año hará ya un decenio que Ronivon pasa más tiempo a la profundidad de una sepultura que en el mundo exterior. El sol le resulta extraño. Está siempre pálido. Se ha acostumbrado al subsuelo y al fuego.

Bebe un poco de agua de la pila que hay junto al lavabo y vuelve a la sala de los hornos. Allí encuentra a J. G. de pie, contemplando la cremación con recelo.

—El señor Palmiro me envía a moler los restos —dice.

—Tienes dos detrás de la puerta, si quieres empezar.

J. G. mira la puerta y se agarra a una medalla religiosa que lleva al cuello. Ronivon sabe el miedo que le da al chico moler cadáveres. Le gustaría ayudarle, pero alguien tiene que moler los restos de la carbonera como quien muele el pan tostado para hacer pan rallado.

J. G. es negro y está como un tonel. De su vida se sabe bien poco, pero lo cierto es que el chico no tiene mucho que recordar. Su vida ha sido una constante repetición. Las cicatrices que lleva en el cuerpo son recuerdos de su madre. Le atizaba a todas horas cuando era niño, a él y a su hermana pequeña. La cicatriz más visible es un corte en el labio inferior que le dejó la boca deforme. Un día su madre llegó del trabajo tremendamente crispada y decidió desahogarse un poco. La benjamina no soportó la paliza. Falleció en el suelo, junto al cuenco de la comida para el perro. J. G. logró sobrevivir simplemente porque la madre vio que su hija ya no respondía a los golpes, entonces interrumpió la paliza y se dedicó a intentar despertarla. Cuando J. G. salió del hospital, su madre ya estaba presa. No la ha vuelto a ver. Fue criado a la buena de Dios entre tías y parientes de los que, en muchos casos, ni siquiera conocía el grado de consanguinidad.

Comenzó a acatar obedientemente las órdenes ajenas, a responder sí señor y sí señora y disculparse por todo, hasta por aquello de lo que no tenía culpa ninguna, y su sonrisa se hizo breve a causa del labio deforme.

La única cosa que J. G. ha acumulado en la vida es grasa. Su grasa es el reverso de todas sus pérdidas, amarguras y sufrimientos. Camina con dificultad. Está lleno de michelines. No llega a tocarse la espalda. Le silba el pecho cuando respira. Tiene la voz grave y lenta. Toda la piel de su cuerpo está cubierta de marcas oscuras y estrías.

Los años de palizas continuas le reblandecieron el cerebro. No sabe leer ni escribir bien. Sus palabras son breves como su sonrisa y deformes como su boca.

—Detrás de la puerta sólo hay dos palos secos, J. G.

—¿No le da miedo quemar a la gente, señor Ronivon?

—Ya están muertos. Son sólo sus restos. A ver, J. G. ¿Qué es lo que hacemos aquí?

—Carbón. Hacemos carbón.

Ronivon le da una palmada en el brazo y sonríe.

—Exacto. Hacemos carbón.

—A mí me gustan las barbacoas, señor Ronivon. Para las barbacoas la gente usa carbón.

—Claro que usa carbón. Pero de esta clase no.

—No. Con este carbón se hace la ceniza para el jardín.

La sonrisa de J. G. se ensancha. Siempre que habla del jardín y de las guayabas que le encanta devorar al pie de los árboles que ornan los márgenes del crematorio, su sonrisa se ensancha.

—A los rosales les gustan las cenizas de este carbón.

—Sí, J. G., les gusta.

—Yo cuido los rosales. Los cuido bien. Me gusta este sitio, señor Ronivon.

—Ya lo sé.

—Pero creo que no voy a poder seguir durmiendo en mi cuarto.

—¿Por qué? ¿Te van a echar?

—Va a llegar un nuevo guardián y se quedará a vivir en mi cuarto. Me lo ha dicho el gerente.

J. G. agacha la cabeza, lloriqueando.

—Todo se arreglará, ya verás.

—Mi tía Madalena me pegaba y me llamaba tarado. No quiero volver con ella. Usaba orinal y yo me pasaba el día vaciándoselo. Aquí nadie me pega ni usa orinal.

J. G. habla entre sollozos.

—Ya encontraremos un sitio donde te puedas quedar —dice Ronivon, conmovido.

—Gracias. Es usted muy bueno.

—Olvídalo. Y ahora a moler carbón, que hay dos más a punto de salir.

—Sí, señor. Ya voy.

Entra en la sala de moler y cierra la puerta con gran alivio, pensando en las cenizas que enterrará junto a los rosales y en que tendrá un nuevo sitio donde dormir.

El encargado de los cuerpos de la cámara frigorífica entra en la sala, empujando una camilla con el siguiente.

—Chico, hoy estás de suerte.

Ronivon se acerca para examinar el cuerpo que yace sobre la camilla. Alza una ceja, interrogante. El hombre sonríe.

—Mira. Te han adelantado la faena. Un bombero que ha muerto en una explosión.

Ronivon se limita a suspirar, resignado.

III

Es como si aún no hubiera amanecido. Hace mucho frío y el cielo está cubierto de nubes encrespadas. El vapor tibio del aliento presagia un invierno riguroso. Algo que ocurre muy raramente. Ernesto Wesley se pone todas las prendas de abrigo que encuentra en el armario, porque soporta mal el frío. Bebe el café caliente que Ronivon, su hermano, le ha dejado preparado antes de salir para el trabajo. A Ernesto le toca el turno de noche, y aprovecha la mañana libre para cuidar del lombricario, al fondo del patio. Una labor que le ocupa buena parte de su tiempo.

Ernesto Wesley tiene una Lambretta de 1974, blanca y roja, con el motor arreglado y neumáticos nuevos. La compró hace tres años, en la subasta de las propiedades de una familia del vecindario. Para pagarla tuvo que deshacerse de un cortacésped y una bomba de agua. Va al garaje, un sencillo tejado de uralita junto a la casa, y le quita a la Lambretta la funda de plástico amarillo.

En la calle, antes de ponerla en marcha, se saca del bolsillo un gorro de lana con orejeras y un par de guantes. A sesenta kilómetros por hora, Ernesto Wesley se dirige a un lugar que dista ocho kilómetros de su casa. El trayecto, por una carretera repleta de socavones y rodeada de colinas, es desolador. En los trechos mejor conservados se cruza con carros de bueyes, personas a pie, otras Lambrettas y algún que otro autobús. En su mayor parte es un camino solitario y bastante silencioso. Eso le agrada a Ernesto Wesley, que avanza al compás del motor de la Lambretta. El sonido estridente del motor mitiga la sirenas del coche de bomberos que suenan intermitentemente en su cabeza y lo mantienen siempre alerta, porque Ernesto no conoce el silencio ni el sosiego.

Es una región de pequeños campos y ríos contaminados, donde el paisaje humano se funde con un paisaje semirrural. Cada tres kilómetros, poco más o menos, aflora un nuevo barrio. Son barrios pequeños de tránsito caótico, con comercios dispersos y escasa señalización. La carretera, que en los lugares más peligrosos luce una placa con una calavera en alusión al alto índice de accidentes mortales, está atestada de peatones, coches, bicicletas, borrachos, niños, cerdos y jaulas de gallinas. La muerte es cosa de todos los días en esta carretera, que atraviesa, como una larga arteria negra, la barriada clandestina nacida al pie de la sierra.

Cruza el portón de hierro del recinto y se detiene junto a un molino de caña de azúcar. Un hombre achaparrado deposita las cañas en el molino, una a una. Otro, alto y flaco, gira con fuerza la manivela para exprimir la caña y convertirla en un pellejo prensado, el bagazo.

—Buenos días —saluda Ernesto, tras detener la Lambretta.

—Buenos días —contesta el hombre gordo.

—Vengo a por el estiércol.

—El señor Gervásio está con las vacas.

Ernesto da las gracias con la cabeza y avanza con la Lambretta hasta el campo siguiente. Cuando divisa a Gervásio apaga el motor y se acerca a pie.

—Ernesto, hijo, ¿cómo va?

—Bien, señor Gervásio. ¿Y usted? ¿Cómo está la familia?

El hombre mastica durante unos segundos. Sólo mueve las mandíbulas, no parece que esté comiendo nada. De tanto convivir con las vacas, el señor Gervásio se ha acostumbrado a rumiar como ellas. Luce siempre una expresión triste y una barba de varios días. Como si se la cortara para tener ese aspecto. Después de rumiar dos minutos, se decide a hablar.

—Las vacas están bien. El pasto también.

Anda muy tieso y habla siempre mirando al infinito. Sus ojos van siempre más allá de lo que el resto alcanza a divisar.

—Se me casa la hija mayor —dice con semblante serio, y el mugido de una vaca que pasta cerca remata la noticia.

—Felicidades —dice Ernesto.

Gervásio sacude la cabeza.

—Siempre que miento esa boda las vacas se echan a mugir. Es cosa de mal agüero. Me parece que es mal negocio para Dolinha, ese señoritingo. No me gustan los señoritingos. Pero ella no me hace ni caso, ni a mí ni a las vacas. Sólo piensa en su señoritingo —concluye, y vuelve a rumiar en silencio.

—Señor Gervásio, vengo a comprar estiércol.

—¿Cómo van esas lombrices, hijo?

—Bien... Les chifla el estiércol de sus vacas, se están poniendo bien lustrosas.

—El estiércol de mis vacas es el mejor de la comarca. Vienen a comprarlo de muy lejos. Cuando una vaca es buena, hasta la boñiga es de calidad.

El hombre se dirige a un empleado de la finca, un joven flaco y bizco que ganguea al hablar. Cuando dice algo, su voz suena nasal y muy aguda.

—Zeco, trae el estiércol de Ernesto y el saco que he dejado al lado.

Al volverse hacia Ernesto su semblante se ensombrece nuevamente y guarda silencio. Los dos esperan el estiércol. La mañana gris parece aún más fría en campo abierto. En la hierba quedan restos de escarcha. El señor Gervásio coge su pipa con parsimonia y se la encaja en la comisura de los labios. Del bolsillo de la camisa de franela saca un pedazo de tabaco de cuerda y una navaja muy desgastada, de filo tosco, lo raspa y mete las limaduras en la cazoleta. Guarda el tabaco y la navaja y enciende la pipa con una cerilla.

—El invierno que se avecina —dice Ernesto Wesley.

—Pues sí. Ya puedo cuidar bien de las vacas.

—Dicen que será el peor de los últimos treinta años.

—No me extraña. Un frío como éste no lo recordaba.

El chico gangoso llega con los dos sacos a la espalda y los deja a los pies de Ernesto Wesley.

—Ernesto, te quiero dar una muestra de boñiga de la Marlene. Es aquélla, la de debajo del árbol. Da la mejor mierda que he visto en mi vida.

El señor Gervásio se agacha, abre el saco y le muestra con orgullo el contenido.

—Es densa, pero suave. Huele fuerte y agrio. Llévate esta muestra, para que la prueben tus lombrices. Dásela sólo a una parte, y de aquí a dos semanas vas a ver qué diferencia. Es un tesoro la boñiga de Marlene. Aún no le he puesto precio.

—Muchísimas gracias, señor Gervásio. La probaré hoy mismo.

—No te arrepentirás. Mi hijo todavía no conoce a la Marlene. Anda por el oeste, en Rio das Moscas.

—¿Se fue a cazar jabalíes?

—Sí, y no sé cuándo volverá. Hay una verdadera plaga por allí. Las alimañas han arrasado con todo.

—Igual un día me armo de valor y voy a cazar alguno.

—¿Valor? Si de algo andas sobrado, muchacho, es de valor.

Ernesto acomoda los sacos en la Lambretta. Los ata bien fuerte para que no se caigan. El más grande en la parte trasera, donde lleva la rueda de repuesto, y el otro delante, a sus pies. Paga y se despide. Hace dos paradas más en tiendas especializadas para comprar herramientas y pipas de girasol, entre otras cosas, y vuelve a casa.

Cuando era pequeña, a Yocasta le cayó encima un tablón mientras comía y le aplastó el cráneo, un accidente menor que habría pasado desapercibido de no ser por sus aullidos de dolor. La vida de la perra nunca volvió a la normalidad. Su comportamiento se alteró visiblemente, se volvió nerviosa y sufrió alteraciones neurológicas. El tic que adquirió de abrir y cerrar la boca cada cinco segundos fue uno de los primeros síntomas. La baba que le cuelga en la comisura del hocico y su eterna mirada de cachorro son otras de las secuelas. Por lo demás, el trastorno mental le confirió más valor y osadía. No le teme al fuego ni al agua. Es capaz de perseguir a un león y cazar leopardos. Es una perra simpática, de pelo duro y amarillo, con la cola tiesa, las orejas caídas en las puntas, la silueta esbelta y el andar elegante. Le gusta trotar por el patio con aire marcial.

Cuando hay tormenta se echa a correr por el patio ladrando a los relámpagos. Los rayos la enfurecen. Al ladrarles de esa manera se diría que discute con Dios. A menudo, sus actos le confieren a Yocasta cierta aura de divinidad. En los días de sol persigue a su sombra. Puede pasarse horas tras ella sin darse por vencida. Su sombra se le resiste, pero a los ratones ladinos e inoportunos que merodean de noche por el patio los atrapa sin falta. Yocasta cuida del lombricario como cuidaría de sus crías. Es estéril como las mulas y nunca tendrá cachorros, pero a cambio tiene muchas lombrices que cuidar. Todos los días deposita el producto de su noche de guardia, cinco o seis ratones muertos, ante la puerta trasera de la casa que comparten Ernesto y Ronivon. Los deja allí porque es la primera puerta que se abre al amanecer y es fundamental que sus dueños descubran cuanto antes el fruto de su trabajo. Una de las habilidades que ha potenciado su trastorno es la de encontrar hormigueros incipientes. Se detiene a su lado y da vueltas como una peonza. Pero lo que más le gusta es espantar a las gallinas de la vecina, que saltan al patio y tratan de picotear las gruesas lombrices criadas en cautiverio.

Ernesto Wesley llega a casa con los sacos de estiércol de vaca y un puñado de pipas de girasol que le dan lustre al pelo de Yocasta. La perra se acomoda sobre su lecho de trapos en el suelo del improvisado garaje y mastica las pipas muy quieta antes de echarse una cabezada.

Ernesto Wesley cría lombrices rojas de California. La lombriz roja prefiere el estiércol animal y es una extraordinaria productora de humus, que no es otra cosa que su excremento, una sustancia similar al café molido. El humus se lo vende luego a pequeños agricultores, jardineros, paisajistas y cualquiera que desee fertilizar su patio trasero. La lombriz viva la vende como cebo para pescar o deshidratada. Si hace bueno, basta con meter las lombrices en un saco de plástico y dejarlo al sol de buena mañana. Expuestas al calor, las lombrices se deshidratan. Si está nublado, las mete en el horno. No es raro el día en que mete en el horno una pizza junto a una bandeja llena de lombrices.

Sentado a la mesa, bebe un sorbo de café y come dos tostadas revenidas antes de salir al patio y meterse en faena. Hoy toca alimentar a las lombrices y preparar el compost. El café hirviendo le ayuda a combatir el frío. Tiene la nariz helada. Se frota las manos en los pantalones para entrar en calor y repara en un sobre blanco que hay sobre la alacena. Estira el brazo y reclina un poco la silla hasta alcanzarlo. Junto al sobre cerrado hay una nota de su hermano, Ronivon: «Ernesto, ésta llegó ayer. También es para ti. Ahora llega una por semana».

Mira la carta y la deja sobre la mesa. Tamborilea suavemente con los dedos sobre ella. Siente un peso en el corazón. Piensa en abrirla. Se presiona los ojos con los dedos y permanece así un buen rato. Cuando necesita pensar, Ernesto Wesley hunde el pulgar y el índice en los párpados cerrados y aprieta. Está preocupado. Apura el café de la cafetera, deja la carta sobre la mesa y se dirige al jardín.

Ernesto se despoja de varias prendas, conserva el gorro y cambia los guantes de lana por unos de cuero. Va al depósito de compost, un lecho de un metro de altura de materia orgánica en descomposición que lleva fermentando una semana, y empieza a removerlo. Huele a podrido. Son sobras de alimentos, papeles, frutas, hojas secas y forraje. Ronivon ha preparado el lecho, la siguiente fase le toca a Ernesto. Cuando la pasta alcanza la temperatura ambiente es el momento ideal para depositarla en la caja. Y ha llegado el momento. Echa el estiércol y el compost en el lombricario. Aparentemente no hay señales de hormigas ni otras plagas.

La señora Zema, su vecina, le llama a gritos desde la cerca del patio. Ernesto interrumpe el trabajo para ir a hablar con la mujer.

—Buenos días, señora Zema.

—Buenos días, Ernesto. Tenía que hablar contigo y no os encontraba, ni a ti ni a tu hermano.

—Usted dirá.

—Esa perra vuestra ha estado alborotando a mis gallinas. La semana pasada dejó a dos maltrechas y una se me ha muerto. Estaba terminando de incubar sus huevos, que se han quedado abandonados, y he tenido que acabar yo la faena.

—¿Ha incubado usted los huevos, señora Zema?

—Con la ayuda de Dios uno llega a hacer cualquier cosa. Ya sabes que necesito el dinero de los huevos y las gallinas para poner comida en mi mesa.

—Ya.

—Llevo una vida muy sacrificada. No tengo a nadie.

—Ya.

—Tienes que encontrar una solución. Esa perra vuestra me está jorobando. Está chiflada, lo sabe todo el mundo.

—Lo que pasa, señora Zema, es que sus gallinas saltan la cerca para picotear en el lombricario. Yocasta se limita a hacer su trabajo, que es cuidar de las lombrices.

—No sé, Ernesto. Es una abusona, esa perra. Hace días que se me mete en el patio.

—¿Que salta a su patio? ¿Está segura de que es mi perra? Lo único que hace Yocasta es cuidar de la casa. Caza ratones, busca hormigueros y espanta las gallinas que saltan la cerca.

—Mira, Ernesto, te lo estoy pidiendo con educación, pero si esa perra me mata otra gallina ya puede andarse con cuidado, porque arreglaré el asunto a mi manera.

Llaman a la puerta de Ernesto Wesley. Se deshace de la mujer diciéndole que todo se arreglará y entra en casa a todo correr. «Todo se arreglará» es una expresión que Ernesto Wesley usa con frecuencia. Casi no pasa un día sin que se la diga a alguien.

El fuego se multiplica siempre en fuego, lo que lo mantiene vivo es el oxígeno, igual que al hombre. Sin oxígeno el fuego se extingue y el hombre también. Como el hombre, el fuego necesita alimentarse para seguir ardiendo. Devora todo lo que encuentra a su alrededor. Si a un hombre le impides respirar, muere asfixiado. Si sofocas una llama, también se muere.

Las llamas se mantienen vivas mientras arda un pedazo de madera, un colchón, unas cortinas o cualquier otro material inflamable. Los seres humanos también son material inflamable y llegan a mantener un fuego crepitando largo tiempo. Ambos sobreviven gracias al mismo aire y cuando se encuentran tratan de destruirse, de consumirse mutuamente. Desde que el hombre descubrió el fuego que quiere dominarlo. Pero el fuego no se deja.

En general, la causa más habitual de incendio en un edificio es la sobrecarga eléctrica que prende fuego a los electrodomésticos. Pero en este caso la responsable ha sido la inquilina del octavo piso, una mujer rechoncha de pechos generosos, bozo oscuro y pelo rapado, con una demencia leve. Una vela a san Antonio, patrón de los animales domésticos, las personas con forúnculos y los sepultureros, se volcó después de rezar con ella por Titi, su perrita reumática, y prendió el fuego mientras la mujer se duchaba.

El edificio de ocho plantas está revestido de ladrillos de cerámica amarillos. Las ventanas, de cristales granulados, están reforzadas con escuadras de aluminio. Es un edificio de cemento, un bloque blindado con seis apartamentos por planta. Todos ocupados. El viento ayuda a extender las llamas. Las lenguas de fuego avanzan hacia el exterior desde las ventanas y lamen la fachada. Un incendio es un espectáculo. Cuando era pequeño, Ernesto Wesley tenía pocas oportunidades de asistir a un espectáculo. Su único entretenimiento consistía en jugar con otros niños y ver la tele después de cenar, aunque en el barrio solía cortarse la luz. Entonces la familia se reunía en una habitación, envuelta en el resplandor tembloroso de una única vela sobre un plato de loza. Las grandes sombras deformes que se proyectaban en las paredes le resultaban cada vez más familiares. La luz eléctrica dispersaba a todo el mundo, cuando la había cada cual se quedaba en su parte de la casa, pero la luz de la vela los unía, hacía de ellos una familia. Cuando no les cortaban la luz, él echaba de menos las sombras deformadas en las paredes. Con el titubeante suministro eléctrico, la familia mataba las horas en charlas y juegos. Comprendió entonces que la luz de una llama despertaba la nostalgia y una especie de recogimiento que no había sentido en ningún otro momento. La lumbre del fuego acogía y confortaba. Ernesto Wesley pasó buena parte de su infancia escuchando historias de familia y mirando embelesado el danzar de la llama, delicadamente erguida y firme.

El fuego puede ser fascinante, pero es asesino. No basta con agua para apagar un incendio, hay que tener buen tino y conocer sus artimañas. Las explosiones fortuitas son habituales y el desplazamiento del aire altera la reacción del fuego, que a veces parece que te mire a los ojos, que sondee tus intenciones y escudriñe tus pensamientos. El fuego puede esconderse en oquedades invisibles y arremeter luego a la primera ráfaga de aire. La combustión de la madera, el papel y el plástico se combate con agua. Cuando el fuego prende en líquidos inflamables o es de origen eléctrico, se usa dióxido de carbono. Si se propaga en metales inflamables, como el titanio, se usa un polvo químico, como el cloruro de sodio, que crea una espesa costra sobre el metal candente aislándolo del oxígeno. Cada fuego pertenece a una especie. En todas sus manifestaciones hay que sofocarlo y dejarlo sin oxígeno. Porque la asfixia es lo único que puede extinguirlo. Si no lo asfixiamos a tiempo, acabará asfixiándonos a nosotros.

Ernesto Wesley se acaba de poner el traje de protección total y con ayuda de otro bombero se coloca el equipo de protección respiratoria. Coge una linterna y un walkie talkie para comunicarse con el comandante de la operación. El equipo pesa treinta quilos, lo cual dificulta la transpiración y la respiración, y pone en peligro la estabilidad física y emocional del bombero. Después de subir varios pisos por las escaleras, casi siempre vuelve cargando un cuerpo inerte. Ernesto Wesley es capaz de soportar dos veces su propio peso. La repetición de este esfuerzo desmedido es algo inimaginable. Ernesto es uno de los pocos bomberos capaces de llegar a tiempo a los pisos más altos.

El fuego se ha extendido hasta el tercer piso. Un equipo apaga el incendio desde el exterior con la ayuda de una escalera mecánica que llega hasta la azotea y otro entra para extinguir el fuego desde el interior y rescatar a las víctimas. Ernesto Wesley se ajusta el casco, coge un hacha y entra en el edificio con los demás bomberos.

Un puesto de mando situado en el vestíbulo permanece en contacto con los bomberos y les va dando los detalles de la operación.

Los bomberos tienen que lidiar con la agitación de quienes presencian un incendio por primera vez y con la desesperación de quienes tienen parientes o conocidos en el interior del edificio.

Al lugar de donde todos quieren salir, Ernesto Wesley tiene que entrar. Sube las escaleras a buen ritmo, como sus compañeros, hasta llegar a la octava planta. Cuanto más asciende, más intenso es el calor y más densa la cortina negra de humo que hay que atravesar. Al llegar a la última planta oye los gritos de unos vecinos que han quedado atrapados en sus pisos. Aguza el oído; pese al temblor y los estallidos provocados por el fuego, el calor que nubla su entendimiento y el peso que carga a sus espaldas, debe distinguir todos los sonidos que le rodean. Clava el hacha en la puerta del apartamento 802, la revienta y se protege del fuego que se abalanza sobre él. Son llamas altas y Ernesto las atraviesa hacia el fondo de la sala. El calor tarda mucho en asfixiarlo. Sus pulmones se han habituado ya y también su piel. Ernesto coge en brazos a una mujer desnuda acurrucada en un rincón, que le dice a voces que su padre está en el dormitorio. Le grita el nombre de su padre e insiste en ir a buscarlo. En mitad del fuego Ernesto conserva la frialdad. Debe socorrerlos de uno en uno. No cede a los ruegos de la mujer: la norma es salvar una vida cada vez, es un principio inamovible. La mujer le abofetea implorándole que socorra a su padre. «¡Es un inválido! —le grita—. Está en la cama.» Atraviesa la sala con ella en brazos y otro bombero la socorre en el pasillo. Ernesto Wesley sigue por el pasillo ennegrecido y sombrío y derriba una puerta a patadas. El cuarto está tomado por el fuego, apenas se ve otra cosa. Oye un gemido. Avanza a ciegas hasta el final del pasillo, sobreponiéndose al cansancio, la asfixia y el vértigo. Derriba la última puerta de un hachazo y encuentra al viejo tumbado en una cama rodeada de llamas. El viejo grita aterrorizado, aferrado a la cama. Cuando coge en brazos su cuerpo flaco y arrugado envuelto en la colcha, cae a su lado un pedazo de yeso. El fuego se ha extendido por todo el pasillo. Ernesto está atrapado, pero camina entre las llamas. El calor le atraviesa las botas y la ropa. Las lenguas de fuego avanzan como serpientes. Desciende con el viejo en brazos y sale del edificio. Un equipo de socorristas tiende al viejo en una camilla y Ernesto Wesley regresa al interior. Parece ser que hay alguien atrapado en la quinta planta, donde el fuego es más intenso. Lo que más le preocupa es el ácido cianhídrico, un gas producido por la combustión de espumas y plásticos que es altamente venenoso y puede matar a decenas de personas en cuestión de minutos. Aunque uno lo-

37

gre escapar del fuego puede alcanzarle el humo, que es de una toxicidad fulminante. El fuego envenena el aire y mata. El fulgor de las llamas le confiere grandeza, es un espectáculo de destrucción hipnótico. En la quinta planta el incendio aún no está controlado. Ernesto Wesley no puede entrar en los apartamentos invadidos por el humo. Por el walkie le informan de que la planta está desierta y le ordenan que descienda de inmediato, porque el riesgo de desmoronamiento es altísimo. Por las escaleras no puede bajar, la cortina de humo es demasiado densa para abrirse paso, de manera que sube al séptimo piso, donde el fuego ya está controlado. Se comunica por el walkie con el puesto de mando y le ordenan que espere a recibir más información sobre las condiciones de las plantas inferiores. El suelo y las paredes crepitan. En el interior de unos de los apartamentos Ernesto se acerca a la ventana que da a la calle y observa el trabajo de sus compañeros. La escalera mecánica se ha detenido a la altura del quinto piso y parece que otro equipo trabaja dentro del edificio.

Ernesto Wesley se abre paso entre los escombros, está acostumbrado. Sólo quedan rescoldos por todas partes. Examina todas las habitaciones de cada piso, para verificar su estado. Apoya el hacha en el hombro izquierdo y avanza con cautela por el pasillo. Después de sofocar un incendio es esencial revisarlo todo, pues el fuego puede hurtarse a la vista en mil lugares, en cámaras de aire, resquicios en los muros, altillos, huecos de ascensores y conductos telefónicos. Ernesto es precavido. Empuja la puerta entreabierta de uno de los apartamentos con la punta de los dedos e inspecciona el lugar. Pasa revista a cada cuarto. Una puerta está atascada. Por la rendija inferior advierte que hay fuego al otro lado. Le extraña el calor que despide la puerta. Se agacha, pero no consigue ver nada por el estrecho resquicio. Podría derribar la puerta de un hachazo, pero eso sería un error de novato. El fuego es traicionero.

—Necesito a alguien con una manguera.

—El reconocimiento del séptimo ya ha terminado.

—Creo que se les ha escapado un detalle.

—Está todo controlado.

—Me gustaría hablar con el comandante de mi brigada.

—Yo estoy al mando. Ya puede bajar, sargento.

—Escuche, necesito un hombre con una manguera.

—Hay orden de abandonar la planta y bajar.

—Ha habido un error.

Una interferencia en el walkie le impide proseguir. Se asoma por la ventana y le hace señales a un compañero de su brigada. El hombre coge una manguera y se dirige al interior del edificio. El comandante, que ya ha suspendido las operaciones, le impide la entrada. Por el walkie, Ernesto se pone en contacto con otro compañero, que está en uno de los pisos inferiores y llega al séptimo en un momento.

—Aquí pasa algo —dice Ernesto Wesley—. Esa puerta está atrancada. No han pasado revista a la habitación.

El hombre se aposta junto a la puerta protegiéndose con la manguera, mientras Ernesto Wesley le da el primer hachazo a la puerta, que se resquebraja a la tercera embestida. Cuando la echa abajo, de una patada, el fuego que parecía apocado se alza con violencia y se abalanza sobre él. Con la manguera, el bombero intenta controlar el fuego, que se propaga rápidamente por la estancia. Ernesto llama de nuevo al puesto de mando y logra hacerse oír. Le envían tres hombres de refuerzo. Entre todos impiden que el fuego vuelva a prender en las habitaciones y, cuando lo tienen todo bajo control, se encuentran con la triste estampa de lo que parece ser un adulto abrazado a dos niños. Los cuerpos se han fundido parcialmente entre sí, junto a diversos objetos metálicos; retorcidos, han creado una nueva forma.

Finalizada la operación, Ernesto Wesley ayuda a contar los muertos. Junto a otro compañero, los van sacando del edificio.

Es un trabajo sucio y pesado. Los cuerpos carbonizados hieden a azufre, a carroña y a humo. Después de apagar el fuego los bomberos recogen a los muertos y los cuentan en las aceras. En el incendio han muerto cinco personas y, a juzgar por el estado de los cuerpos, habrá que examinar sus dientes para identificarlos. Claro que en este caso la identificación es más sencilla, ya que cada cuerpo se encontraba en su vivienda. Una hora después han apagado el fuego en todas las plantas. Sólo quedan pequeños focos de humo.

Ernesto Wesley sube al camión que está a punto de partir. Su turno ha terminado y vuelve al parque de bomberos. Se sienta entre dos compañeros y se sacude la ropa en silencio porque la sirena está desconectada.

Uno de los bomberos sacude la cabeza incrédulo, con la mirada perdida en sus botas. Tiene los ojos empañados, mortecinos. Balbucea unas palabras antes de levantar la voz.

—¡Una vela a san Antonio! Mi madre le rezaba a san Antonio cuando me salía un forúnculo —dice—. A veces no te queda ni rezar.

Una delicada película de hollín cubre el rostro sombrío del bombero. Su voz suena pesarosa y doliente.

—A veces es lo único que queda —replica Ernesto Wesley.

—¿Cómo sabías que había más cuerpos en la habitación? —le pregunta otro bombero.

Ernesto Wesley respira hondo. Tiene la mirada cansada y las órbitas de los ojos enrojecidas. Responde con su voz ronca característica.

—Con el tiempo que llevo en esto, huelo un cuerpo chamuscado a la legua —responde Ernesto.

—Es verdad —asiente otro bombero que permanecía en silencio—. Es capaz de distinguir los calcetines sucios de cada uno de nosotros por el olor. Es el mejor husmeador que he conocido en la vida.

El hombre suelta una carcajada.

—¿Por eso te hiciste bombero?

Ernesto Wesley suspira y se frota los ojos. Está agotado.

—No —responde—. Me hice bombero porque me atrevía a ir adonde nadie quiere ir.

Los hombres, enmudecidos, reflexionan un instante y asienten levemente con la cabeza. El camión entra en el garaje del cuerpo de bomberos y Ernesto Wesley desciende y se dirige al vestuario. Desnudo, se palpa el cuerpo. Parece que todo está en su sitio. Se unta una pomada para las quemaduras, sobre todo en las manos y en los pies, y sale al patio del cuartel a fumar un cigarro. La madrugada está muy fría, con el cielo algo nublado y una media luna opaca que se empeña en permanecer inmóvil entre las estrellas.

IV

El planeta es mensurable y transitorio. Del mismo modo que se está acabando el espacio para almacenar residuos, empieza a faltar también para inhumar cadáveres. Dentro de unos decenios o un centenar de años habrá más cuerpos bajo tierra que sobre ella. Pisaremos a nuestros antepasados, vecinos, parientes y enemigos como se pisa la hierba seca; sin darle la menor importancia. El suelo y el agua estarán infestados de necrocromo, una sustancia tóxica que destilan los cuerpos en descomposición. La muerte sigue generando muerte. Se propaga sin cesar, aunque no la veamos.

Cuando piensa en los cuerpos incinerados le invade cierta melancolía, pero Ronivon sabe que no hay mejor modo de garantizar la asepsia que purificar los restos mortales mediante el fuego. Pensar en el fin del mundo es pensar en montañas de basura y suelos inundados de cadáveres.

Ronivon se sube el cuello del abrigo y se frota las manos. Mira por la ventana de cincuenta centímetros a ras del césped del jardín y observa la niebla. Este invierno será el más riguroso de los últimos treinta años, ojalá los hornos aguanten y no dejen de producir el calor necesario, piensa. Saca del bolsillo la carta que le dejó a Ernesto Wesley sobre la alacena y que él no quiso abrir. Han pasado varios días y ninguno de los dos se ha decidido aún a abrirla. Sabe que dentro de unos días recibirán otra y unos días después, otra más, y así sucesivamente.

Se abre la puerta de la sala de los hornos y entra Palmiro a paso lento, renegando de su reumatismo, que empeora con el frío. Lleva dos pantalones y tres abrigos, seguramente camina con dificultad porque le pesa toda esa ropa. Trae un ter-

42

mo de café recién hecho y dos vasos de plástico. Ronivon se guarda la carta en el bolsillo, coge un vaso y se sirve un café caliente.

—Hoy me he despertado con el cuerpo todo dolorido —dice Palmiro.

—Tienes que cuidarte.

—Lo que tengo que hacer es jubilarme, que estoy viejo, cansado y enfermo. Pero este sitio es todo lo que tengo, si me fuera no sabría dónde caerme muerto.

—¿Y tu hija? ¿No has vuelto a saber de ella?

—Nada. Le volví a escribir hace dos semanas y no contesta.

—¿Cuándo hablasteis por última vez?

—Hará ocho años.

El hombre suspira, cansado. Ronivon bebe un poco más de café y contempla los cincuenta centímetros de día que tiene a su alcance.

—¿Hay movimiento?

—No demasiado. Me parece que hoy no habrá mucha faena.

—Así son los jueves, ¿eh? —dice Ronivon calentándose las manos en el vaso de café—. Poca faena. Pocos cuerpos que quemar.

—Sí. Parece que hay días más propicios para la muerte.

Ronivon mueve lentamente la cabeza, como si asintiera. Extiende el vaso y Palmiro le sirve más café.

—Voy a acoger a J. G. en casa —dice Ronivon—. El nuevo guardián está al caer y va a quedarse con su cuarto.

—Es buena cosa. J. G. necesita amigos. El pobre desgraciado se pasará la vida aquí metido y luego lo enterrarán en uno de los rosales que él mismo plantó y cuidó.

Ronivon sonríe. Por algún motivo, le agrada la idea.

—Sería el sueño de J. G. hecho realidad. Le chifla el jardín, con sus guayabos y sus rosales.

—Pero con los muertos se caga de miedo —dice Palmiro, riendo.

43

Guardan silencio unos instantes. Palmiro se seca con un pañuelo el ojo ciego, que le lagrimea. Si tuviera más espacio, compartiría con J. G. la habitación donde vive, en la parte trasera del crematorio. Es un cuarto minúsculo, con una cama individual, un armario empotrado de dos puertas, una cocina de dos fogones, una pila sucia y una mesita de noche con un televisor de veinte pulgadas. La tele es nueva. Palmiro pagó por ella cuatrocientos reales en diez plazos, sin intereses. J. G. vive en un cuarto contiguo, del mismo tamaño, y comparte con Palmiro el baño y una nevera instalada en el almacén. El antiguo guardián no vivía en el crematorio, por eso J. G. podía quedarse allí. Palmiro echará de menos a J. G. y sus conversaciones absurdas. El muchacho es como un perro fiel, puede permanecer horas a su lado en silencio. No se queja nunca de nada. Está siempre satisfecho y cuando alguien lo mira más de cinco segundos esboza una sonrisa. Un compañero fiel. Los fines de semana suelen sentarse en un banco, codo con codo, a contemplar en silencio la parcela verde del jardín cinerario. En sus días libres, Palmiro suele traer una radio a pilas y una botella de aguardiente. Son tipos muy sencillos, sin ansiedades aparentes, que soportan su carga en silencio.

—A mí también me gusta la idea. Quiero que mis cenizas descansen bajo el guayabo de la entrada. No lo olvides, Ronivon.

Palmiro abre la boca, separa los labios con los dedos y le muestra ocho fundas de oro.

—Y tampoco te olvides de sacarme todo esto, ¿eh? Mándaselo a mi hija, que vale un buen dinero. Siempre lo valdrá. Todo lo que he ahorrado en esta vida lo llevo en la boca. No hay ladrón que te lo robe, nadie te lo va a quitar, ni siquiera los bancos te aprietan las tuercas. De eso nada. Mis ahorros se quedan en esta boca vieja, envueltos en mi aliento de aguardiente.

44

Palmiro suelta una carcajada ronca y tose, tose un buen rato hasta esputar en un pañuelo. Da media vuelta, abre la puerta de la sala y sigue por el largo pasillo hasta las escaleras.

Ronivon fija su atención en el horno y comprueba la temperatura. Todo va bien. Mira el reloj de pared y calcula que en treinta minutos la cremación habrá terminado. Geverson, el encargado de la molienda de los restos mortales, sale de la salita donde trabaja. Se quita los guantes y las gafas protectoras.

—Otros dos que están listos —dice—. Con este tiempo se enfrían rapidísimo.

—Palmiro acaba de pasar con café recién hecho —dice Ronivon.

—Pues voy a aprovechar la pausa para entrar en calor.

—Ha subido con el termo hace un momento.

Geverson saca del bolsillo un pedazo de metal. Lo alza entre el índice y el pulgar hasta el ventanuco y lo observa atentamente.

—Lo he encontrado al pasar el imán por las cenizas.

—¿De quién eran?

—Del hombre —murmura, intrigado.

Ronivon coge la chapa que tiene sobre la mesa y confirma el nombre del muerto.

—Será del señor Aníbal. Sí, es suyo.

—Lo llevaba dentro.

—Déjame echarle un vistazo.

Ronivon examina el pequeño objeto. No había detectado ninguna pieza metálica en el cuerpo cuando le pasó el detector de metales.

—¿No estaría en los dientes? —pregunta Geverson.

—Podría ser.

—Ya… No lo sabremos nunca. Tampoco importa, ¿verdad? —dice Geverson, encogiéndose de hombros.

No es raro que en los cuerpos incinerados, una vez molidos, aparezcan pequeños fragmentos sólidos irreconocibles. Geverson estudia de nuevo el objeto y lo coloca en una lata sobre la mesa que contiene otros objetos metálicos no identificados.

Geverson se quita el delantal y lo cuelga detrás de la puerta. Se sacude los restos de polvo y chasquea los dedos. Se despereza y exhala un largo bostezo.

—Vamos a tener el peor invierno de los últimos treinta años —comenta.

—Sí, eso he leído —dice Ronivon.

Se quedan callados, uno al lado del otro, contemplando el frío del día en sus vistas de medio metro.

—¿No tomas café?

—Sufro un poco de acidez. Tengo frío, pero el estómago me arde como el infierno.

Geverson se palpa la boca del estómago y suelta un pequeño gemido. Los dos hombres siguen contemplando el frío del día por la estrecha ventana.

—Podrías tratar de arrancarle a Nadine un poco de leche caliente.

—Buena idea. A ver qué le saco.

Ronivon comprueba la temperatura del horno. Por la mirilla constata que todo va bien. Vuelve junto a la ventana y bebe el último sorbo de café. Le apetecería otra taza, pero aún quedan dos horas para la próxima ronda de Palmiro.

—Mañana vienen a revisar los hornos —dice Ronivon.

—La trituradora necesita un buen repaso. Así no hay quien trabaje.

—Por la mañana cierran.

—¿Cómo lo sabes?

—Lo he visto en recepción. En el tablón de anuncios.

—Nunca me fijo en esas cosas.

Palmiro abre la puerta, termo en mano.

—Queda un poco de café aún. No sabía si queríais más.

Ronivon alarga el vaso y Geverson coge uno para él. Se sirven y hablan del frío.

46

—Mañana toca mantenimiento, ¿verdad, Palmiro? —dice Geverson.

—Sí. También van a pasar revista al convertidor termoeléctrico. Este año se espera un frío del carajo. Tendrán que encender la calefacción.

—Espero que haya muertos suficientes para generar toda esa energía —dice Ronivon—. Si no, lo pasaremos mal.

—Con los muertos siempre se puede contar —dice Geverson.

Los otros dos asienten con la cabeza.

—No sufráis —dice Palmiro—. El gerente está negociando la cremación de las víctimas de un accidente masivo. Están todos carbonizados.

—¿Un accidente aéreo? —pregunta Geverson.

—Eso creo —contesta Palmiro.

—No me había enterado —responde Geverson.

—Yo algo he oído en la radio —dice Ronivon.

—Bueno, si llega ese cargamento vamos a tener calor de sobra —zanja Palmiro antes de marcharse.

Ronivon y Geverson beben un poco más de café mientras contemplan el día por la ventana.

—Bien bonito que está el día, aunque esté nublado —suspira Geverson.

—A veces es mejor así, nublado —replica Ronivon.

Geverson asiente con la cabeza. Los dos hombres siguen ahí, mirando fascinados el día nebuloso y turbio, a la espera del cargamento de muertos que proporcionará el calor y la energía para que los vivos sigan tirando.

V

El calor generado por los hornos crematorios pasa por un tubo conectado a un convertidor termoeléctrico que transforma el calor en energía eléctrica. El calor de los muertos ayuda a suplir parte de la energía que consume el crematorio y un hospital que queda a un kilómetro de distancia, así como varios comercios de los alrededores. Los muertos del hospital y en especial los indigentes son incinerados en el Cerro de los Ángeles, y su calor se transforma en energía para abastecer a los vivos. Los vivos de Abalurdes saben sacarles provecho a sus muertos.

La máquina de café, la música sacra que suena en la capilla, las bombillas de los postes del jardín, los ordenadores, la trituradora, todo funciona gracias a la energía generada por el calor de los hornos. Y también es esencial para el funcionamiento del hospital, que atiende a personas que viven en un radio de ciento cincuenta kilómetros. Los muertos del hospital son vitales para el funcionamiento de los hornos y, por ende, para la energía que generará el convertidor. La escasez de energía eléctrica comenzó hará unos cinco años. Las carboneras y minas de carbón de la zona se han convertido en las principales fuentes de abastecimiento de la población. El carbón animal generado por la incineración de los muertos está todavía en fase experimental, pero en pocos años será una práctica común. Las ciudades están colapsadas. La tierra está atestada de cadáveres sepultados. El fuego en estado bruto se ha convertido en la principal fuente de energía. Es como volver a la prehistoria. Las regiones apartadas y las zonas más aisladas son las primeras en padecer los efectos de la escasez. Con el paso de los años, todas los padecerán. La región de

Abalurdes está fuera del mapa del descubrimiento, en el imaginario de unos pocos visionarios.

Abalurdes es una ciudad situada en la cara más escarpada de un peñasco. El río está muerto y refleja el color del sol. No hay peces, las aguas están contaminadas. El cielo, aunque esté azul, se torna ceniciento al caer la tarde. Es una región enlodada y gélida en los días de invierno. En las zonas más alejadas aún quedan casas de mampostería vista. La pavimentación es precaria en algunas barriadas de la ciudad, donde apenas quedan vestigios del antiguo asfalto. La carretera principal tiene una iluminación precaria, nula señalización y curvas pronunciadas flanqueadas por largos despeñaderos.

Abalurdes es una región carbonífera. Una línea de ferrocarril transporta el carbón mineral extraído en el territorio. Las minas se explotan desde hace cincuenta años, durante los que se han extraído miles de toneladas de carbón mineral.

Los hombres de la región vuelven irreconocibles de las minas, revestidos de una densa capa de hollín. El territorio entero está cubierto de un fino manto de ceniza. El resto de los trabajadores vive en barracones, cerca de la mina.

El lavado del carbón se sigue haciendo en los ríos, cuyas aguas se han tornado cobrizas con el paso de los años debido a la oxidación del hierro que compone la pirita, un mineral que se extrae de las minas junto al carbón. Gran parte del terreno es un yermo reseco y descolorido. El agua potable se está agotando y más del cincuenta por ciento de la población padece algún trastorno de las vías respiratorias. El pulmón negro sigue cebándose solapadamente en los mineros, hombres castigados con el rostro marchito y la piel surcada por las señales del tiempo.

Hombres que se sumergen en las más profundas tinieblas, por debajo de las sepulturas, y respiran polvo de carbón sin ver la luz del sol. En las minas los accidentes son frecuentes y muchos mineros mueren sepultados. No todo el mundo tiene valor para trabajar en la mina. Al pensar en su profundidad y la ausencia total de luz solar, así como el alto riesgo de desplome, los hay que desisten. Para llegar a los niveles más profundos de la oscuridad hay que tener el valor de ir a donde nadie quiere ir.

Pero siempre hay quien se atreve a ir a cualquier parte. A sus veintitrés años, Edgar Wilson es uno de los trabajadores más jóvenes de una mina que genera empleo para ciento trece hombres. Trabaja en su interior desde los veinte años, sin vacaciones, con dos días libres al año, y nunca ha sufrido ningún accidente de gravedad. Viste pantalones bombachos y unas viejas botas de cuero. Se cala el casco, se ata a la cintura una linterna de batería y agarra su pala excavadora. Acompañado por otro minero, se dirige al ascensor. Ha llegado el turno de Edgar Wilson, que vive con otros compañeros en un barracón a un kilómetro de allí. La piel blanca de Edgar Wilson se ha ido enmugreciendo con el tiempo. Tiene la tez cetrina, hollín en la saliva y ceniza en los ojos. La mirada se le ha teñido de cenizas durante el sinfín de horas que ha pasado a doscientos metros de profundidad, respirando gases tóxicos, privado del cielo y el sol. El día que deje este trabajo piensa dedicarse exclusivamente a contemplar el cielo.

Los dos hombres, con sus respectivas fiambreras envueltas en paños de cocina sucios, su botella de agua y su termo de café, entran en el ascensor de hierro, un ascensor de obra de dos plataformas, con cabida para seis personas cada una. Cuando el grupo de mineros está completo, uno de ellos acciona la palanca. Son cuatro minutos de descenso hasta alcanzar los doscientos metros de profundidad. Los vestigios de luz natural apenas duran veinte segundos. A partir de ahí reina la oscuridad. Edgar Wilson enciende la luz amarilla y vacilante de su linterna. El ruido del ascensor que avanza hacia las profundidades adquiere un eco que parece un aullido distorsionado.

La oscuridad de una mina es húmeda, con ruidos constantes de goteo, inminencia de derrumbamientos y un aire muy cargado. Es una oscuridad que comprime los sentidos y dificulta la respiración. Poco a poco los hombres se convierten en parte de esa oscuridad, envueltos en tinieblas tóxicas de aire contaminado. Al salir de la mina a Edgar Wilson le gusta encenderse un cigarro. Se ha acostumbrado al sabor del hollín, a la quema, al fuego. Aprendió a fumar con los hombres de su barracón. Los hay que fuman incluso en el interior de la mina. Es imposible vigilarlos a todos. Tratar con mineros es difícil. Son hombres embrutecidos, primitivos y reacios a obedecer. Tratar con mineros es como apacentar asnos en el desierto. Una mina de carbón es, de hecho, una especie de desierto. Un lugar aislado, asfixiante, polvoriento y, aunque haya tantos trabajadores, un lugar solitario. La inmensidad de la tierra que rodea una mina puede aplastar la humanidad del más bruto de los hombres. Los asnos son animales difíciles de dominar. Son bestias ariscas que intentan derribar a sus monturas; y, una vez derribadas, las patean y tratan de morderlas. Son bestiales en muchos sentidos, los hombres y los asnos.

El hombre que entra en el ascensor junto a Edgar Wilson se llama Rui. Trabaja en las minas de carbón desde hace veinte años. Le dobla la edad a Edgar Wilson y es incapaz de hacer otro trabajo. Rui pretende pasar el resto de su vida extrayendo carbón. El fósil negro, del color de su piel, le corre ya por las venas. Padece la enfermedad del pulmón negro, que no le impide trabajar. Tose sin cesar, eso sí, y escupe una secreción negra y viscosa. Quisiera acabar sus días en este lugar, en esta mina, porque es lo único que ha hecho en su vida. No sabe hacer otra cosa, ni siquiera ha sabido hacer hijos. Como Edgar, vive en un barracón que alberga a unos cincuenta hombres. Los demás mineros vuelven cada día a sus casas. Los residentes del barracón visitan a su familia dos o tres veces al año, porque el viaje suele ser largo. La jornada dura doce horas. Edgar baja a la mina a las cinco y media de la mañana y no vuelve a emerger hasta las cinco y media de la tarde. Come en una de las galerías. Desde hace tres años, la única luz que conoce es el crepúsculo de la mañana y el de la tarde. A veces, cuando descansa en el barracón, le cuesta recordar el color del día, la claridad del sol y su calor.

Los mineros descienden en silencio, sintiendo con todo el cuerpo como perforan la tierra y se adentran en sus dimensiones de negrura. Rui se masca la lengua y eso espuma la saliva, que se le acumula en las comisuras de la boca. En las profundidades de la tierra los sonidos y los sentidos se amplifican. El ascensor desciende por un pozo tan angosto que se pueden tocar sus cuatro paredes. El apuntalamiento tiende a ceder, porque el agua se filtra por todas partes.

Tras dos minutos de descenso Rui se apea en una de las galerías y lanza un grito, como si se fuera a la guerra. Avanza luego por un sombrío corredor enlodado, con sus desgastadas botas de vaquero, su camisa estampada y sus tejanos raídos.

Edgar Wilson continúa el descenso hasta la parte más honda de la mina. Observa las paredes que van pasando a pocos centímetros de distancia. Son excavaciones toscas. Si algo le da miedo es que su linterna se quede sin batería. La oscuridad absoluta del centro de la Tierra le da pavor. No sabría volver. No lograría encontrar la salida. Cuanto más hondo está más se acuerda de las lombrices, aunque a esa profundidad sus pensamientos tienden a la indiferencia. Las lombrices están hechas para la humedad y la oscuridad. Los hombres no. Debe de ser por eso que muchos de ellos enferman. El ascensor se detiene y sale. Ahora debe avanzar hacia el interior de la mina. Son dos kilómetros de camino por un laberinto inundado. Allí le esperan cuatro hombres más. Edgar Wilson se acomoda en una vagoneta arrastrada por un pequeño tractor y traquetea en línea recta hacia un nivel aún más profundo, hasta alcanzar su galería, mientras los compañeros discuten sobre el partido de fútbol de la víspera entre risas y lamentos.

Después de tres horas excavando sin interrupción la pared de carbón, Edgar Wilson hace una pausa para beber agua. La labor de los mineros en la galería se ha traducido ya en dos vagonetas de carbón que son empujadas sobre raíles por los dos mineros encargados de esa tarea. El ruido de las piquetas perforando el carbón es incesante. De noche, cuando reina el silencio a su alrededor, las sigue oyendo. Durante unos breves segundos Edgar Wilson experimenta una sensación de eternidad. Es un extraño presentimiento, que le obliga a mirar atrás, por encima del hombro. Le roza la espalda una ligera corriente de aire, muy leve, aunque perceptible para sus sentidos aguzados. Las tinieblas se hacen aún más densas. Cuando se excava carbón mineral, se puede desprender grisú, que está compuesto principalmente de gas metano y es inodoro. Al ser inhalado no produce atontamiento ni ningún otro síntoma, pero se inflama con facilidad cuando se acumula en grandes cantidades. La chispa de una bombilla basta para detonar la explosión. Los extractores del interior de la mina llevan dos días desconectados debido a la escasez de energía eléctrica y no está previsto que vuelvan a funcionar hasta esa tarde. Con la onda expansiva los hombres han salido despedidos a una distancia de diez o doce metros y los apuntalamientos comienzan a ceder. Al entrar en combustión, el grisú provoca la muerte por asfixia, además de ser venenoso. Edgar Wilson abre los ojos, pero no ve nada en la oscuridad absoluta. Ha perdido su linterna al ser arrojado a las profundidades de la Tierra como un habitante de las fallas subterráneas. Sin el menor atisbo de luz, se levanta de la gran poza de agua y lodo a la que ha ido a parar. El agua de la poza le ha protegido de las quemaduras. Edgar palpa dolorosamente las paredes. Está un poco magullado, pero parece que no es nada peor. Oye gritos de socorro y gemidos ahogados, y por primera vez en su vida se asusta. Intenta guiarse por el ruido de los goteos. La humareda es pesada y compacta como un muro de cemento. Se quita la camisa, la moja en la poza y se la adhiere al rostro a modo de filtro para respirar.

Es imposible buscar a nadie en tales circunstancias, primero hay que salir para volver a rescatar a los demás. Piensa en los hombres que han quedado más abajo, los que trabajaban con él. Balbucea una oración asiendo la medalla que lleva al cuello. Se abre paso trabajosamente entre la humareda y consigue atravesarla a fuerza de tesón. Respira con dificultad y le laten las sienes. Avanza pesadamente, con el pecho dolorido y las piernas torpes. Sigue rezando mientras avanza por el camino tenebroso, palpando los apuntalamientos destruidos. Camina a ciegas, sin saber dónde queda la boca del túnel principal. En la entrada principal se apiñan otros mineros, a la espera de socorro. Se encogen aterrados en el suelo y esperan. Edgar Wilson cierra los ojos y piensa en el azul del cielo. Si muere, morirá con ese recuerdo. Si logra salir, no invadirá nunca más las entrañas de la Tierra y trabajará siempre bajo el sol. No volverá a alejarse de él.

Un hilo de luz corta la oscuridad. Javêncio, el encargado, llama a gritos a los hombres que puedan seguir con vida. Le van respondiendo a gritos y, siguiendo el hilo luminoso de la linterna de Javêncio, consigue salir de su sepulcro un grupo de veintitrés hombres. Son conducidos hasta el ascensor, que no ha sido alcanzado por la explosión, y salen a la superficie de la Tierra.

A lo lejos se adivina un paisaje lunar; cercado de montañas negras de carbón envueltas en vapores que horas después continúan suspendidos en el aire, tiene un aspecto desolador que ahoga todo atisbo de esperanza. Ernesto Wesley lleva ocho horas trabajando. El primer equipo de bomberos no tardó en acudir, pero había aún una concentración muy alta de gas carbónico, debido a la combustión de los aceites, la madera y el propio carbón. Se temían nuevas explosiones y los bomberos hubieron de esperar desolados muchas horas, sin poder hacer nada. Es la misión más dura y arriesgada de la carrera de Ernesto Wesley. Del interior de la mina llega un olor a carbón, mineral y animal. Los cuerpos, más de cincuenta, irreconocibles en su gran mayoría, se han ido amontonando en la boca de la mina a medida que iban siendo recuperados. Ernesto Wesley ha necesitado más valor que nunca hasta la fecha para penetrar en el centro ardiente de la Tierra, a una profundidad de más de doscientos metros. Después de esto, cavila, no hay nada que no sea capaz de hacer: su audacia no tiene límites. La suya y la de sus compañeros. El hollín, el humo, las emanaciones tóxicas, la devastación y el calor del fuego parecen haberse asociado con el día frío para desalentar a los hombres, pero todos se adentran en las tinieblas para volver cargando hombres muertos de expresiones tenebrosas. Muchos cuerpos están retorcidos y mutilados. Tienen los dedos de las manos rasgados y algunos cercenados, como si hubieran tenido que escarbar en busca de aire. La muerte por asfixia es lenta y desesperante. Comprime el pecho y le concede a la víctima una prórroga para sufrir. Es una muerte dolorosísima. Tras ocho horas de trabajo, Ernesto Wesley obtiene permiso para descansar.

Se quita el casco, se lava el rostro y se enjuaga la boca con el agua que vierte de una botella. Luego se bebe el resto del agua y se seca con un trapo que coge del camión. Llena un vaso de plástico del café que ha traído una señora que les da aliento a todos desde el principio. Les da bizcocho y café aunque salta a la vista que es pobre, como la mayoría de los habitantes de la región. Pero es la clase de mujer que no se queda de brazos cruzados ante los problemas ajenos. Una mujer singular que con su bondad multiplica el café y el bizcocho, y hace menos sombría la jornada de descenso a las profundidades.

—Parece que aún os queda mucha faena —comenta la mujer.

—Sí, señora —responde Ernesto Wesley.

—Ya sabía yo que el día menos pensado pasaría. Ese gas es muy peligroso. Gracias al cielo que mi hijo Douglas se despidió la semana pasada, si no estaría ahí abajo. Le estoy tan agradecida a Dios que he venido a echar una mano en lo que haga falta. Dios ha librado a mi hijo de la muerte.

Unos hombres se acercan para servirse café y bizcocho, y ella vuelve a explicarles la historia que acaba de contarle a él.

Ernesto Wesley se sienta a unos metros de distancia con intención de respirar un aire menos contaminado. Se alisa el cabello y enciende un cigarro. Bebe su café sin prisa. Dispone de veinte minutos para descansar y ha aprendido que ese breve momento de respiro se ha de disfrutar con calma. Le pesan las pestañas tiznadas. Mira conmovido el montón de carbón animal que yace junto al montón de carbón mineral. No sabría decir cuál es el más negro. Si los mezclaran, hombres y fósiles serían indistinguibles.

Encogido junto a un pozo, Edgar Wilson escupe en el suelo una secreción oscura. Tiene la mirada fija en el horizonte y el semblante impasible. Bajo la costra de carbón de su rostro, que oculta su tez clara y su cabello castaño, parece imperturbable.

Ernesto Wesley le mira, pero Edgar no se inmuta.

—¡Eh, chico! —grita Ernesto Wesley.

No obtiene respuesta.

—Eh, chico… ¿Estabas ahí abajo?

Edgar permanece inmóvil. Ernesto Wesley insiste hasta que Edgar Wilson regresa con la mirada y la atención del instante eterno que le había sumido en el silencio.

—¿Qué pasa? —reacciona.

—¿Estabas abajo? ¿En la mina? —pregunta Ernesto Wesley.

Edgar tarda un poco en contestar, luego asiente lentamente con la cabeza.

—¿Estás bien? —insiste Ernesto—. ¿Cómo te llamas? ¿Te encuentras bien, muchacho?

—Creo que sí —dice Edgar.

Ernesto Wesley se levanta para verlo de cerca, porque incluso ahí fuera el humo le dificulta la visión.

—¿Cómo te encuentras, muchacho? Tienes que ir al hospital.

—Estoy bien —suspira Edgar Wilson—. De verdad que estoy bien.

Edgar se frota los ojos enrojecidos.

—A mí no me lo parece.

—No sé qué aspecto debe tener alguien que ha escapado de la muerte. Pero ésta es mi cara, oiga.

Ernesto bebe un sorbo de café ya tibio. Empieza a caer una llovizna que deja una delicada película de agua sobre ambos hombres.

—¿Ve aquellos cuerpos? Arrastré buena parte de ellos hasta la boca del túnel. Y cuando llegué a la entrada, encontré más hombres esperando al equipo de socorro, gritando… Pensaban que iban a morir.

Edgar Wilson escupe en el suelo una vez más. Sus pulmones están impregnados de carbón y humo. Tose.

—Hasta que el señor Javêncio, el encargado, apareció con una linterna para intentar sacarnos de allí. Llevaba una linterna de repuesto. Todos se fueron con él, pero yo cogí la otra linterna y fui a por los compañeros rezagados. A oscuras.

Edgar Wilson hace una pausa. Mira el cielo. Es un día nublado, sin rastro de sol, pero todavía quedan vestigios del día. Eso le consuela.

—Conseguí traer a diez hombres hasta la boca del túnel. Hice el camino tantas veces que ya ni me hacía falta la linterna. Parecía la cagarruta de un murciélago —tras una risa fugaz, su semblante recobra la gravedad—. Cargué con ellos a la espalda, uno por uno. Dos seguían con vida: el Everaldo y el Rui. El Everaldo se iba a casar la semana que viene, le preparábamos una fiesta. El Rui era mayor, llevaba en la mina toda la vida. El Rui murió abajo y me pidió que lo dejara allí. No quería que lo enterraran, quería quedarse en la mina, así que allí lo dejé, porque yo al Rui siempre le obedezco. Sabe lo que dice. Lo llevé a la galería, lo metí en una zanja estrecha que había abierto la explosión y lo tapé con escombros. Cuando volví, el Everaldo estaba muerto. Adiós a la fiesta.

Ernesto Wesley escucha en silencio y baja los ojos consternado. Comprende perfectamente al minero, sabe que el pobre no olvidará jamás lo sucedido. Y espera que lo haga mejor persona, porque una experiencia como ésta curte el carácter y fortalece el espíritu. Edgar Wilson amaga con marcharse.

—¿Adónde vas? —pregunta Ernesto Wesley.

—Me marcho. Aquí ya no pinto nada.

—Deberías quedarte para el atestado. Estabas ahí abajo y has sobrevivido.

—Yo en la mina ya no pinto nada.

—¿Y qué piensas hacer, muchacho?

—Aceptaré un puesto que me ofrecieron hace tiempo. Si la oferta sigue en pie.

—¿Seguro que estarás bien?

—Eso espero.

—¿De qué vas a trabajar?

—De matarife, con los cerdos. Nunca más perderé el cielo de vista.

Edgar Wilson da media vuelta y camina hacia el barracón, donde recogerá sus cuatro cosas y el dinero que ha podido juntar. No volverá a perder de vista el cielo.

VI

A los pocos meses de ocupar su puesto, Ernesto Wesley presentía que, si seguía haciendo bien su trabajo, el ascenso estaba al caer. Cuando comenzó llevaba un año trabajando dos días por semana en uno de los hornos del crematorio Cerro de los Ángeles dedicado exclusivamente a indigentes y animales, ganaba muy poco y estaba cargado de deudas. La primera vez que se vistió de bombero lo celebraron con una fiesta. Las cosas se iban arreglando, pensaba, mientras compartía con su hija de cuatro años un pedazo del bizcocho glaseado que había hecho su mujer.

El día en que su hija cumplió cinco años, Ernesto cambió su turno de noche por el de día porque su mujer preparaba una fiesta para la niña. Ella también había cambiado de horario para salir antes del trabajo. Era cajera en un supermercado que quedaba a dos kilómetros de casa.

Vladimilson, el hermano mayor de Ernesto y Ronivon, pasó a buscar a su sobrina, a quien había prometido un regalo. La canguro, una chica de quince años, vecina de la familia, no quería que la niña se fuera con su tío sin el permiso de los padres. Intentó llamarles desde un teléfono público, pero no pudo contactar con ellos. Rosilene sintió una opresión en la boca del estómago cuando vio que Vladimilson metía a la niña en el coche. Insistió en acompañarles, pero él se negó. Dijo que volvería pronto, que iba a la ciudad a comprar un regalo. Rosilene siguió intentando hablar con Ernesto, que estaba en el cuartel, pero aunque era más fácil hablar con él que con la madre de la niña, el número comunicaba. No dejaba de comunicar. Rosilene volvió a la casa acongojada; no podía hacer nada más. Decidió lavar algunas prendas de la niña y acabar de preparar la comida: pasta con carne picada y salsa de tomate. Colgó la ropa en el tendedero. En un día así de soleado y ventoso se secaría enseguida. Puso dos ollas en el fuego: una con la pasta y otra con la carne picada, rehogada con salsa de tomate y perejil. Se sentó a la mesa de la cocina, pero aunque estaba hambrienta no probó bocado. Seguía sintiendo el nudo en la boca del estómago.

Desde la mesa de la cocina veía la ropa mecerse en la cuerda. Estaba bien sujeta. El viento soplaba fuerte. Rodeada del olor de la comida, las ropas sacudidas en la cuerda y el silencio, permaneció sentada. Inmóvil. No se percató de que lloraba hasta que una lágrima cayó en la mesa. Se secó el borde de los ojos. Miró las prendas en la cuerda, que lentamente dejaron de mecerse. Durante unos segundos todo se detuvo. El viento pasaba de largo. Rosilene salió al patio y vio que todo estaba quieto. Eternizado. Miró hacia atrás y de nuevo la ropa se movió mecida por el viento. Se fue a la entrada de la casa, se sentó en la acera y esperó.

La madre de Rosilene fue la primera en aparecer. Llevaba un vestido de algodón, un delantal sucio y una servilleta en la mano. Caminaba cruzando los pasos. Que caminara así era una mala señal. La noticia había llegado primero por teléfono a un almacén vecino. Rosilene abrazó a su madre antes de que le contara lo ocurrido.

Llamaban a aquel trecho de carretera «el espinazo del diablo». Otros la apodaban «la joroba de Lucifer». Tras golpear en un guardarraíl desgastado, el coche había dado tres vueltas de campana. La niña estaba sentada en el asiento trasero, asida a la muñeca que le había regalado su tío. Él recordaba que al chocar había gritado dos veces, antes de que una especie de eco sordo le taponara los oídos. Lo primero que vio al abrir los ojos fue el rostro de un muchacho. Le preguntaba si se encontraba bien. Vladimilson sentía aún el impacto del golpe, pero se encontraba bien. La puerta del conductor estaba bloqueada y aparecieron unos hombres que intentaron forzarla. Al mirar atrás vio el brazo de la niña, estrujado entre la maraña de chatarra. La llamó. Aún vivía cuando llegaron los bomberos. Vladimilson consiguió salir del coche cuando arrancaron la puerta, y estaba de pie, con algunos cortes en la cara y en el pecho, cuando Ernesto Wesley acudió a socorrerlos. A Ernesto Wesley nunca le gustó usar la motosierra; aquel día se lo ahorraron. Cuando sacaron a su hija, estaba muerta. Él también había muerto allí.

Vladimilson fue arrestado, porque presentaba indicios de embriaguez. Ernesto Wesley no volvió a dirigirle la palabra a su hermano, que fue condenado a ocho años de cárcel.

La mujer de Ernesto Wesley empezó a languidecer tras la muerte de su hija. Pidió un permiso en el trabajo y pasaba las horas sentada en una silla de plástico, olvidada como ella en mitad del patio. Así fueron pasando los meses. Ernesto Wesley se volvió más callado y adquirió una expresión sombría. Una noche, al volver del trabajo, encontró a su mujer tendida en el suelo de la sala de estar. Se sentó junto a ella y la abrazó tiernamente durante una hora. Ya estaba muerta. Sobredosis de pastillas. Él ni se inmutó.

Al día siguiente quemó lo que quedaba de su familia y enterró las cenizas de la mujer junto a las de la hija, bajo un rosal del crematorio Cerro de los Ángeles.

Pidió dos meses de vacaciones y durante ese tiempo nadie tuvo noticias suyas. Cuando volvió parecía en buena forma. Nunca dijo dónde había estado, cuando le preguntaban contestaba que esas preguntas no se hacían.

Alquiló otra casa e invitó a vivir con él a su hermano Ronivon. Entre los dos pintaron las paredes e hicieron todas las reparaciones necesarias en la casa vieja, desde las tuberías del agua a la instalación eléctrica. A cambio de las mejoras les abonaron tres meses de alquiler. Cuando llevaban unas semanas en la nueva casa, Ernesto Wesley encontró a Yocasta, abandonada dentro de una caja de cartón en la puerta de un almacén del barrio. Había salido temprano a comprar el periódico un sábado, su día de descanso. La posó con delicadeza en la palma de la mano y la llevó a casa. La alimentó con un biberón y la vio crecer. Semanas después decidió ponerle ese nombre. Yocasta, la que cura del veneno. Es la única mujer de la casa, acostumbra a decir.

Hacía dos semanas que J. G. vivía en casa de Ronivon, en el cuartito contiguo a la cocina. Como Yocasta aún lo consideraba un extraño, J. G. no podía ni acercarse a las lombrices. Decidió plantar unos rosales en la zona libre del patio. Durante la noche, Yocasta escarbaba el rosal y lo desperdigaba por los rincones. Sucedía desde la llegada de J. G.

—No hagas caso, J. G. —dice Ernesto Wesley—. Yocasta se acabará acostumbrando a ti. Es prácticamente la dueña del patio, pero sabe que debe obedecer.

—Es una buena perra, ¿a que sí, señor Ernesto? —pregunta J. G. mientras termina de beber su café.

—Sí. Es una buena perra.

—Me gustaría tanto gustarle. Pero no le gusto. Ni yo ni mis rosales.

—Todo se arreglará —zanja Ernesto, levantándose.

Se oyen unas palmadas en el fondo del patio. Ronivon acude a la llamada de doña Zema, la vecina que cría gallinas. Doña Zema sujeta a una de sus crías, degollada y bastante magullada.

—Ronivon, hablé con Ernesto hace unos días y no ha hecho nada con la perra. ¡Mira! Esa perra acabará con mis gallinas.

—Doña Zema…

—No me digas que me calme. Sólo quiero saber una cosa: ¿qué vais a hacer?

—Arreglaremos la cerca.

—Las gallinas son todo lo que tengo. Ni siquiera la casa es mía, es de mi hermano. Sólo me quedan las gallinas para salir adelante.

—Lo sé, señora Zema. El problema aquí son las lombrices. Sus gallinas saltan la cerca para picotear en el lombricario y Yocasta no consiente que nadie se acerque a las lombrices, sólo Ernesto y yo.

—Mira, Ronivon, te voy a decir una cosa. Si no hacéis algo cuanto antes, me cargo a la perra. Si vuelve a aparecer una de mis gallinas ni que sea con un rasguño, encontraré una solución.

Amenazante, doña Zelma vuelve sobre sus pasos y regresa al gallinero.

Ronivon entra en la casa, preocupado.

—Ernesto, esa mujer está furiosa. Amenaza con cargarse a Yocasta —dice Ronivon.

—Cuando tenga tiempo reforzaré la cerca.

—Una vez tuve un perro —dice J. G.—, pero lo envenenaron y se murió con la lengua fuera.

—Doña Zema es capaz de hacer cualquier barbaridad con la perra —dice Ronivon.

—Lo arreglaré. Estate tranquilo.

—Ah, antes de que me olvide: Palmiro quiere unas lombrices deshidratadas.

—Creo que quedan unas cuantas en la lata.

Ernesto Wesley comprueba el contenido de la lata y lo pesa en una balanza sobre el fregadero.

—Dale cinco reales. Dile que ya le mandaré más. ¿Las quiere para hacer harina?

—Sí, las muele y se las come para desayunar. Se queja menos de sus dolores.

—A mí también me gusta la harina de lombrices del señor Palmiro. Siempre me da un poco —comenta J. G.

Ronivon y J. G. se ponen sus abrigos y gorros antes de salir. Caminan diez minutos hasta llegar a la parada del autobús

63

que los llevará al crematorio. En los últimos días el frío se ha recrudecido. El color ceniciento del cielo se ha hecho más intenso. El cielo encapotado y la capa de hollín que se cierne sobre la ciudad impiden que entre un solo rayo de sol y hacen de Abalurdes un lugar desolador: una especie de desierto de ceniza, con un cielo pesado compuesto de bloques nubosos que parecen de cemento. Un cielo sin dimensiones. A lo ancho del horizonte, se mire hacia donde se mire, la sensación de infinito es manifiesta, como si la inmensidad desoladora se extendiera hasta los últimos confines del entendimiento humano.

El nuevo guardián ha trabajado treinta años como sepulturero en el cementerio de una ciudad vecina. Se llama Aparício y tiene una pierna más corta que la otra. Cuando era pequeño se clavó en el pie una caña de bambú, pero su padre no permitió que lo llevaran al hospital. Dijo que se curaría en casa con baños de hierbas y compresas. El pie le quedó lisiado y al cabo de unos meses, cuando volvió a caminar con ayuda de unas muletas, el mundo había cobrado una ondulación especial cada vez que daba un paso. El pie lisiado apenas le llegaba al suelo y durante años le quedó colgando, inútil. Sus brazos ganaron fuerza y firmeza y era capaz de cavar siete palmos con razonable rapidez. El de sepulturero ha sido su único empleo. Ha enterrado a más de veinticinco parientes. Cuando murió su padre, cavó para él una fosa más profunda que el resto. Lo enterró un palmo más profundo que el resto, a cargo de todos sus años de incomprensión y estupidez. Su padre era un hombre rudo, severo con la familia y afable con los vecinos. Un tipo falso e hipócrita. Tenía amantes y disfrutaba humillando al hombre que trabajaba para él en su negocio, una tienducha de la que se enorgullecía y que llevaba con mano firme. Solía burlarse del pie lisiado de su hijo, lo que intensificó el odio que éste le tenía. El día que enterró a su padre a ocho palmos de profundidad se sintió aliviado. Le recomendaron que pasara por el quirófano y consiguió recuperar el pie en un cincuenta por ciento. Tras varios meses de fisioterapia, empezó a usar un zapato ortopédico con una suela ocho centímetros más gruesa en el pie operado. Le hizo gracia que fueran ocho centímetros y que su padre descansara a ocho palmos bajo tierra. Todavía camina con cierta dificultad, pero las ondulaciones habrán disminuido sus ocho grados, o eso imagina.

Aparício es un buen hombre. Se mudó a Abalurdes después de enterrar a su mujer. Hace un año que es viudo y no piensa volver a casarse. Los hijos viven en otra ciudad y están todos casados. Es un hombre tranquilo que ha convivido todos los días de su vida con el llanto ajeno, con la desesperación y el arrepentimiento. Libraba los domingos y el día de Navidad, el resto del año lo pasaba abriendo y cerrando sepulturas. En sus años de trabajo enterró cerca de treinta y cinco mil muertos. Muertos de todas las clases. Le gusta fumar en pipa y prepara su propia picadura, tal como le enseñó su abuelo. Fuma un tabaco aromático que le deja un sabor a menta en la boca. El aliento le huele a hierbas chamuscadas y sus camisas suelen tener pequeños orificios abiertos por las diminutas brasas que saltan de la pipa. Aparício inspira confianza y cae bien a todo el mundo.

Después de levantarse y desayunar en su cuartito con olor a orines secos, bien temprano, Aparício sale a caminar por los límites del jardín cinerario. Le gustan los jardines y el del Cerro de los Ángeles es especial y está muy bien cuidado. La mañana es fría y se ha levantado una neblina que impide ver a lo lejos. Bien abrigado y con un gorro de lana, se alza el cuello de la chaqueta y emprende su paseo matutino. A unos metros de distancia, en medio del jardín, distingue entre la bruma una mancha oscura y estática. Aparicio evita caminar sobre el césped o sobre los muertos, le parece lo más correcto. El respeto por los muertos es uno de los primeros temores que aprendió, cuando era niño. La niebla de las mañanas frías es una niebla cerrada, de una blancura espectral. Avanza sobre el césped hasta llegar a la mancha.

La mancha resulta ser Palmiro, sentado en un banco, con la radio a pilas encendida en el bolsillo de la chaqueta. A sus pies una botella de aguardiente a granel, el que solía tomar. Lo compraba todas las semanas en una destilería de los alrededores de Abalurdes.

Tenía los labios amoratados, la expresión escayolada y el cuerpo presentaba ya el *rigor mortis*. Aparício no tocó nada. Le acercó el dedo índice a la nariz, pero no respiraba. Estaba inmóvil, como las estatuas de yeso dispersas por el jardín cinerario.

No había llegado nadie todavía. Desde una cabina frente al crematorio llamó al gerente a cobro revertido. El hombre no tardó en llegar.

Fue un día de luto en un lugar de luto. Ronivon se quedó mirando la bolsa de lombrices deshidratadas y la guardó en la mochila. J. G. se quedó callado y triste. Palmiro había muerto de un infarto la noche anterior. Hacía mucho frío y solía sentarse en ese banco a escuchar la radio y a beber. Cuando le dio el ataque estaba tan borracho que no pudo pedir ayuda.

Cuando les entregaron el cuerpo de Palmiro lo metieron en el frigorífico del crematorio, donde permaneció dos días. Como no tenía parientes a los que notificar el deceso, sólo quedaba quemarlo y enterrarlo al pie del guayabo, como él quería.

Aparício abre la puerta de la sala de hornos con un termo de café. Ronivon comprueba la temperatura y anota unas observaciones en una hoja que hay sobre la mesa.

—Buenos días, Ronivon.

El hombre le tiende el termo, sonriente.

—Me hacía falta un café —dice Ronivon.

—Acabo de hacerlo, espero que os guste. Sé que vais a echar mucho de menos a Palmiro.

—Sí. Aún no nos hacemos a la idea.

—¿Lo incineráis hoy?

—Hoy mismo, sí. Cuando acabe con ésta. Me va a costar lo suyo tostar al viejo.

—Ya me imagino. Yo he enterrado a veinticinco familiares. Y amigos a montones. Es duro de verdad. He enterrado a mi madre, a nueve hermanos, a mi padre…

—Ya. También es duro despachar a todo este personal todos los días.

—Yo no podría quemar a nadie. Reducirlos a cenizas, a polvo… No creo que pudiera.

—Te entiendo, Aparício. Lo mismo pensaba yo, pero ahora borro las huellas. Borro días, años, décadas de existencia. Eso es lo que hago.

Aparício esboza una sonrisa breve y se vuelve hacia Geverson para servirle un poco de café. Geverson siempre se queja de acidez, pero sigue tomando café. Los tres, con sus cafés calientes, contemplan el día gris y helado por el ventanuco de cincuenta centímetros a ras de suelo.

El encargado del frigorífico empuja la puerta con la camilla que porta el ataúd de Palmiro.

—Aquí tenemos al viejo, Ronivon. Enterito. No te olvides de devolver la caja —dice el hombre y sale enseguida.

Aparício mira con detenimiento a Palmiro.

—Ni siquiera lo llegué a conocer.

—Era un buen hombre —dice Geverson, y le pide un poco más de café.

Se quedan en silencio y apuran sus cafés, mientras miran por la ventana. Es una suerte de despedida, un homenaje a los momentos en que habían conversado sobre cosas banales con él en ese mismo lugar.

Hacía un rato que Aparício se había marchado y Geverson había llevado el cuerpo recién incinerado y ya frío a la sala de moler. Ronivon abre el ataúd de Palmiro. Como el viejo no tenía dinero para comprar uno, les han prestado éste para sacarlo del frigorífico. No lo quemarán con él ni habrá ceremonia fúnebre de ningún tipo. Lo quemarán sin ataúd, sobre la bandeja. Ronivon coloca el cuerpo de Palmiro sobre una mesa de mármol y examina sus dientes. Se tranquiliza al comprobar que los dientes de oro siguen en su sitio. Cuenta los ocho dientes una vez más.

Abre la puerta de la sala de moler.

—Geverson, ¿has visto los alicates pequeños?

Geverson detiene la trituradora, que es bastante ruidosa.

—¿Qué dices?

—Que si has visto los alicates pequeños.

—Los tengo yo. A veces los necesito para triturar, porque este trasto está hecho una porquería. Así no hay quien trabaje. No me cunde la faena.

Geverson se coloca las gafas protectoras y pone en marcha la trituradora antes de que Ronivon acabe de decirle que se los devolverá enseguida.

Ronivon abre la boca de Palmiro con los dedos y le arranca los incisivos de oro. Aunque son los más fáciles de sacar, le cuesta lo suyo. Los más difíciles son los molares. Las muelas son todas de oro. Ronivon coge un martillo y un cuchillo pequeño. Hunde el cuchillo bajo uno de los molares y golpea con el mango del martillo hasta que el diente se desprende. Son dientes complicados de extraer, están clavados en el hueso, profundamente enraizados. Cuando consigue desprenderlos, los saca con los alicates. La extracción dura cerca de una hora.

—Los has sacado por tu cuenta, ¿eh? —dice Geverson mirando el cuerpo de Palmiro, que yace sobre la mesa de mármol.

—Me lo pidió él, no tenía más remedio.

Ronivon está sacando el último diente. Es el que más se le resiste. Geverson le ofrece su ayuda.

—Déjalo. Parece que ya sale —dice Ronivon, sin dejar de estirar.

Hace tanta fuerza que todo el cuerpo le tiembla. Cuando el diente sale, Ronivon casi pierde el equilibrio. Lo deja en un vaso de latón junto a los demás. Se enjuga el sudor de la frente, siente que le falta el aliento y se quita la chaqueta.

—Listo, viejo. Todos fuera. Aquí tienes toda tu fortuna.

Ronivon agita el vaso.

—Ayúdame a colocarlo en la bandeja.

—¿Que vas a hacer con los dientes?

—Mandárselos a su hija. ¿No era eso lo que quería? Sólo me queda encontrarla.

Entre los dos colocan el cuerpo en la bandeja. Ronivon y Geverson rezan una oración antes de incinerarlo y cada uno pronuncia unas palabras de despedida. Ronivon pone en marcha el mecanismo que abre la puerta del horno y empuja la bandeja. Palmiro empieza a ser devorado por el fuego. Dentro de una hora y media, sólo quedará carbón.

VII

En Abalurdes continúan quemando cuerpos. Pese a los temores sobre la escasez de materia prima en los hornos crematorios, en las madrugadas frías los indigentes y los borrachos mueren a docenas. Las temperaturas alcanzan niveles muy bajos. Es un frío que no pueden soportar ni los animales, como es el caso de las vacas del señor Gervásio. Cada día aparecen muertos multitud de perros callejeros que deambulaban por la ciudad. Los ratones que suelen rondar el lombricario se mantienen alejados. Yocasta duerme en casa para protegerse del frío, pero se mantiene siempre alerta. En cuanto abren la puerta de la cocina, a primera hora, corre al patio a supervisar el lombricario. Cuando termina la inspección se lame las patas.

Ernesto Wesley anda inquieto últimamente y Ronivon trata por enésima vez de escribirle una carta a la hija del señor Palmiro. Desde las cinco de la mañana que lo intenta, pero no lo consigue. Ernesto hace café y revuelve unos huevos en la sartén. J. G., sentado a la mesa, espera inmóvil su café. Hoy le toca enterrar las cenizas del viejo al pie del guayabo de la entrada del crematorio. La dirección de la hija de Palmiro que tiene Ronivon es la misma a la que el viejo escribió durante ocho años sin obtener respuesta.

—Ve al grano, Ronivon. Dile que el viejo ha muerto y que le ha dejado una herencia.

Ronivon se rasca la cabeza, arranca la última hoja del bloc y comienza de nuevo a escribir sin mediar palabra. Ernesto sirve los huevos y el café y se sienta a la mesa.

—Tienes razón. Iré al grano. Quiero echarla hoy mismo al buzón.

Ronivon se come parte de sus huevos revueltos y se bebe media cafetera para armarse de valor. Con el estómago lleno se siente más animoso.

—Ha llegado otra carta suya, Ernesto.

Ernesto Wesley no responde.

—Ésta la voy a abrir —dice Ronivon.

—¿Por qué?

—Creo que quiere decirnos algo.

—Claro que quiere decirnos algo, pero yo no lo quiero saber.

Ernesto se acaba los huevos revueltos y el café. Ronivon vacila.

—Todo esto me pesa, Ernesto. Creo que…

—Si quieres hablar con él, habla.

—Las cartas te las envía a ti.

—Yo no pienso leerlas.

—Pero tampoco las tiras.

Ernesto Wesley calla. Se pone el gorro de lana y un jersey grueso.

—Hoy tengo una guardia de cuarenta y ocho horas. Dale a Yocasta las pipas de girasol que están en el armario. Que paséis un buen día.

Ronivon le devuelve el saludo y saca la carta de Vladimilson que guarda en el bolsillo. No se siente capaz de abrir la carta de su hermano preso ni de escribir a la hija de Palmiro. Coge de nuevo el bloc y decide acabar la carta de una vez.

Estimada Marisol:

Tu padre ha muerto. Te ha dejado una herencia. Sus cenizas están enterradas en el crematorio Cerro de los Ángeles. Tenemos que hablar.

Firma con su nombre y anota su dirección y un teléfono de contacto. Dobla el papel y lo mete en un sobre blanco. Escri-

71

be la dirección y deja el franqueo para la oficina de correos. La carta de Vladimilson decide dejarla para más tarde. La sujeta con un imán en la puerta de la nevera.

La cola de cuerpos es larga. Van a ser catorce cremaciones y Ronivon sabe que tendrá que hacer horas extras para acabar la faena. Están moliendo ya los dos primeros cuerpos incinerados y el sonido agudo de la trituradora resuena en la sala. Antes de ir a trabajar ha pasado por la oficina de correos y ahora que ha enviado la carta se siente en paz. Le gustaría tener noticias de la hija del viejo y, por algún motivo que no alcanza a explicar, siente que no tardarán en llegar. Seguro que la perspectiva de una herencia suscitará su interés. La encontrará y cumplirá con su promesa, para que Palmiro pueda descansar en paz y ganarse así el respeto de los muertos.

El trabajo en el crematorio ha sido intenso. La otra sala de hornos ha funcionado principalmente para dar cuenta de los restos exhumados, los animales y los indigentes. Se ha tenido que contratar a otro incinerador que trabaja tres días por semana. Los días intercalados le corresponden a Ronivon. Aunque haya escasez de tantas cosas, los muertos nunca escasean. La muerte no da tregua. Cuanto más difícil es la vida, más muerte genera. La tarea es interminable. Ronivon se ocupa de dos salas al mismo tiempo. Pasa primero el detector de metales por el pecho de dos muertos. Parece que todo está en orden. Los mete en el horno y espera a que las llamas hagan su trabajo. En la segunda sala, sobre una bandeja de acero inoxidable, yacen los restos de varios cuerpos exhumados de una fosa común. Están mezclados, sin identificación posible. Son restos de personas que donaron sus órganos. Han tenido que exhumarlos para hacer sitio a nuevas sepulturas. Se pone el delantal, los guantes y la mascarilla antes de manipularlos. Sintoniza en la radio una emisora de noticias y los va colocando en otra bandeja, destinada al horno. Un cráneo, un antebrazo,

72

dos manos, es una osamenta bastante surtida. Después de ser enterrados en una fosa común, serán incinerados en una bandeja común y sus cenizas se mezclarán para siempre. Luego serán enterrados en la parte trasera del crematorio, en la fosa atestada de excrementos y basura. Después de depositar los restos en la bandeja, los mete en el horno. Cuando termina, se quita los guantes y la mascarilla. Se deja puesto el delantal.

La calefacción del crematorio funciona desde hace semanas. La temperatura es agradable, aunque en el sótano no se nota tanto como en el piso superior, que debe estar bien caldeado para recibir al duelo y celebrar las honras fúnebres. En un invierno tan riguroso como éste, el convertidor central ayudará a mantener calientes cientos de casas.

Ronivon casi no se entera de lo que sucede arriba. En cuanto llega baja al sótano. Come y merienda en un cuartito que hay junto a las escaleras. Nunca sube al piso de arriba. Sólo le permiten andar por el sótano; como su trabajo es delicado y requiere vigilancia, Ronivon no se aleja nunca de los incinerados. Se comunica con el piso superior del crematorio a través de un interfono instalado en su mesa, la misma mesa de cuyo cajón saca los alicates para devolverlos ahora que oye una pausa en la sala de moler.

—Geverson, te traigo los alicates.

—Déjalos ahí.

Geverson vuelca el contenido del vaso de la trituradora en una urna con una etiqueta.

—Listo… Ya tenemos bien recogidita a la señora Brigida —anuncia Geverson, satisfecho de su trabajo—. Mira, Ronivon, ¡mira qué cenizas! ¡Qué finura, qué uniformidad!

Ronivon contempla admirado el interior de la urna. Geverson se coloca las gafas protectoras y coge una nueva remesa de carbón animal etiquetado en el balde como «Mario».

—¿Eso de ahí es una licuadora? Tiene toda la pinta —pregunta Ronivon intrigado.

73

—Lo es. Con la vieja trituradora no doy abasto. Me han prometido una nueva, pero aún no ha llegado.

—¿Te la has traído de casa?

—Sí. Así me cunde más la faena. Es un trasto muy potente, tiene varias velocidades. Me la regaló mi suegra por Navidad.

Ronivon se recuesta en un rincón de la sala con los brazos cruzados, mientras Geverson conversa y trabaja. El día es tranquilo y frío, como los últimos. Espera poder abrir hoy la carta de su hermano.

Tiene que ir al lavabo, que está al final del pasillo. Como la bombilla está fundida hay que usarlo casi a oscuras. La puerta de la sala de hornos se abre, empujada por una camilla con un ataúd. Se trata de una nueva entrega. Un ruido seco avanza y retumba al final del pasillo. Todos los sonidos que se originan en el sótano resuenan con un eco sobrenatural.

Al salir del lavabo Ronivon se cruza con el encargado de los cuerpos del frigorífico. Se saludan con un breve gesto y continúan su camino en dirección opuesta, hacia los extremos del pasillo. Ronivon está a dos pasos de la puerta de la sala, cuando se oye un estampido en el interior. Se echa a temblar del susto y siente la vibración del estallido bajo sus pies y en las paredes del pasillo. La puerta vibra con intensidad, y se resquebrajan las dos láminas de cristal que permiten observar el interior de la sala.

Ha explotado el horno principal y los dos cuerpos parcialmente incinerados han saltado en pedazos, crepitando como diminutos fuegos artificiales. Los fragmentos candentes diseminados por la sala prenden en los numerosos papeles y objetos inflamables. Geverson sale de la sala de moler con un extintor y apaga las llamas. Ronivon llama al piso superior y pide socorro. Al cabo de media hora llega al lugar un equipo de bomberos entre los que se encuentra Ernesto Wesley, muy alarmado.

—Ha sido un marcapasos —vaticina Ernesto Wesley.

74

—No puede ser. Los había verificado —replica Ronivon.

—Eso dice en el informe.

Ronivon saca del cajón el detector de metales y se lo entrega a Ernesto.

—Lo pasé varias veces. Falla mucho —dice Ronivon.

Ernesto conecta el aparato, lo prueba con algunos objetos metálicos esparcidos por la sala y constata que está estropeado.

—La cosa tenía peor aspecto antes de que llegarais. Geverson y yo recogimos los restos de dos cuerpos. Estaban desperdigados por toda la sala. Revueltos.

Ronivon está visiblemente alterado. Se tomará el resto del día libre, después de explicar lo ocurrido a la policía por segunda vez. A los parientes de los muertos, reunidos en ambas capillas, les han dicho que la explosión ha afectado a un horno antiguo que cremaba restos exhumados y las cremaciones han quedado suspendidas. Se han quedado muy impresionados. El horno viejo de la sala contigua no ha sufrido desperfectos, pero han suspendido toda actividad hasta que sea segura y tengan la autorización de la policía. El gerente del crematorio está consternado.

—Se suspenden las cremaciones hasta que una nueva inspección autorice el funcionamiento. El desacato de la orden será castigado con multas y penas de prisión.

Esas fueron las últimas palabras del agente encargado del informe policial. No se ha culpado a nadie de lo sucedido. Ronivon había enviado dos solicitudes al gerente pidiendo la reparación del detector de metales o la compra de uno nuevo. El aparato averiado ha sido requisado como prueba, junto con la copia de las dos solicitudes enviadas y firmadas por él. Ronivon ha salido de la sala de hornos cuando aún quedaban restos de humo, sin saber cuándo volvería la normalidad.

La cola de cuerpos crece sin cesar. Llega una media de cinco muertos diarios, que empiezan a hacinarse en la cámara frigorífica. El nuevo horno tardará unas semanas en llegar. La burocracia requiere tiempo y exige paciencia. El gerente no pega ojo, tratando de encontrar una solución. Dentro de tres días al crematorio vienen unos inversores de visita y todo tiene que estar en perfecto orden. La pila de muertos hacinados en el frigorífico es una estampa lastimosa. Pero lo peor son los ojos de los vivos, que se preguntan qué hacer con tal acumulación de cadáveres.

El gerente convoca una reunión a la que asisten Ronivon, Geverson, J. G. y Aparício.

—Dentro de tres días llegan unos inversores que van a ampliar las actividades del Cerro de los Ángeles para transformarlo en el centro nacional de la muerte.

El gerente se alisa el cabello y hace una pausa. Se llama Filomeno. Es un hombre pálido, con las venas de los brazos y las manos muy marcadas. Lleva gafas de lentes muy gruesas que deforman su expresión y magnifican sus globos oculares. Tiene una joroba que empeora con los años. Se le está cayendo el pelo, y su enorme cabeza tiene ya muchos claros. Se peina hacia arriba en un intento de disimular su inmensa calva. El emparrado le da un aire estrafalario y dice mucho de él: Filomeno es un hombre que intenta esconder cualquier señal que pueda arruinar su reputación. Ya sea la calvicie que anuncia suvejez inminente o su incompetencia a la hora de hacer desaparecer a los muertos.

—Tenemos un problema muy gordo y estoy seguro de que ninguno de vosotros quiere perder el empleo.

Los hombres niegan con la cabeza.

—Tengo que manejar este asunto con tacto. Estoy seguro de que dentro de poco estaremos mucho mejor que ahora. Muchísimo mejor. Habrá aumentos salariales del veinte por ciento. ¿Qué me decís?

Los hombres sonríen y se miran entre ellos. Están animados.

—Pero después de lo ocurrido tenemos una sala llena de muertos y no podemos rechazar ninguno. Somos los mejores incineradores de la región. En un radio de seiscientos kilómetros no hay ningún crematorio comparable al Cerro de los Ángeles.

Los hombres asienten con la cabeza y murmuran por lo bajo, entre dientes, que no hay lugar comparable al Cerro de los Ángeles.

—Necesitaré vuestra ayuda. La de todos —insiste Filomeno apuntándoles con el dedo—. Tenéis que hacer desaparecer los ochenta y siete cuerpos que abarrotan el frigorífico. No sé cómo os las apañaréis, sólo sé que lo quiero vacío en dos días. Está en juego el empleo de todos vosotros.

Los hombres vuelven a mirarse, esta vez sin entusiasmo ni murmullos de aprobación. Permanecen en silencio. Filomeno espera una respuesta. Se sienta en su mesa y se acomoda hasta que encuentra una postura confortable, en un ritual que tiene por objeto darles tiempo para decidirse.

Filomeno saca un peine del bolsillo y se peina el emparrado. Con las manos abiertas se atusa luego el cabello para fijarlo.

—Vamos, no pongáis esa cara. La muerte no descansa y tenemos que encontrar una solución. Mañana llegará un montón de mercancía de un accidente que se produjo ayer. Me han dicho que son treinta muertos, por ahora, y nos los envían todos. ¿Qué vamos a hacer? No puedo rechazar la mercancía, ya la he aceptado.

Ronivon da un tímido paso al frente.

—Perdone, pero no hay sitio para tantos muertos.

—Ya lo sé. Tenéis dos días para vaciar ese frigorífico.

—¿Y qué hacemos con los muertos? —pregunta Geverson.

—De eso preferiría no estar al tanto —responde Filomeno.

Suena el teléfono. Filomeno lo atiende y le pide un momento a su interlocutor. Les dice luego que pueden irse y que en dos días habrá otra reunión para ver si todo se ha arreglado.

Vuelve a asir el auricular y los hombres abandonan la sala en silencio, aturdidos.

Reunidos en un rincón del jardín cinerario, discuten encogidos de frío el modo de llevar a cabo su funesta e ineludible tarea.

—La única solución es enterrarlos —dice Aparício.

—No sé qué decirte —replica Geverson—. Tantas fosas llamarían mucho la atención.

—Los podemos meter a todos en una fosa común —zanja Aparício.

Los empleados siguen discutiendo, exaltándose por momentos, hasta que se propone la posibilidad que parece más sensata:

—Hay que quemarlos a todos —dice Ronivon.

—No se pueden lanzar a una hoguera —objeta uno de los hombres.

—A veinte kilómetros de aquí hay una carbonera con muchos hornos de barro y de noche no la usan.

—¿Tú crees que podrías arreglarlo con ellos? —pregunta Aparício.

—Lo puedo intentar. No saldrá gratis, pero supongo que el señor Filomeno nos dará algo de dinero.

—Y un camión, ¿no? —pregunta Geverson.

—También. Conozco al capataz de la carbonera, que es quien corta el bacalao. Todos los jueves jugamos a las cartas —contesta Ronivon.

—¿Vamos a hacer más carbón?

—Sí, J. G., tendremos que hacer más carbón.

Ronivon se cala el gorro por las orejeras y se queda mirando el cielo. Todos siguen pensativos. El cielo está menos brumoso después de unos días con los hornos del crematorio apagados. Hacia la carbonera pesan más las nubes, como inmensos bloques de cemento, y las cenizas oscuras son aún más visibles allí que en toda la región.

78

VIII

El paisaje lunar está henchido de tumores de barro humeantes, una especie de capullos parecidos a los nidos de las termitas, con una hendidura vertical semejante a una vagina y varios orificios a lo largo de la abultada estructura para la salida del calor. Estas rústicas construcciones son hornos de barro, alineados uno junto al otro en una amplia extensión de tierra y cercados por algo de vegetación; la poca que sigue con vida. El panorama está emborronado de rastros de humo, que se deslizan por el aire y hacen de la carbonera un paisaje sinuoso e infernal. Aunque está lejos, en la parte más alta del valle, a Ronivon le arden los ojos por el humo que trae el viento mientras observa a los hombres menudos que caminan entre los hornos, alimentándolos con leña a través de la hendidura y retirando con una pala la madera transformada en carbón, que van depositando en una pila alta y negra.

Cuando el suelo está contaminado y los ríos infectados, la ciudad se convierte en un baldío. Para subsistir, los habitantes de Abalurdes se valen de la naturaleza muerta del carbón. Los hornos son como mujeres fecundadas que generan vida. La vida es el carbón, que también es muerte.

El hollín va recubriendo los ojos, los oídos, la boca. Los carboneros son hombres ciegos, sordos y mudos a causa de la ceniza. No usan guantes, botas, mascarillas ni otras prendas adecuadas. Lo manipulan todo exponiendo su cuerpo, con la piel desprotegida y los pulmones emponzoñados. Mientras trabajan son irreconocibles. Durante las diez horas que dura su jornada, seis días por semana, son todos idénticos. Pasan la mayor parte del tiempo cubiertos por una negrura enquistada que ya no podrán limpiar, porque cada día vuelven al mismo lugar. Vistos de lejos, son sólo sombras, sombras negras e indistinguibles, producto de la dura tarea de subsistencia que consiste en transformar la naturaleza viva en naturaleza muerta.

Algunos trabajadores tienen los dedos aplastados o amputados por alguna de las herramientas que usan durante el trajín diario. Habrán perdido el dedo, pero eso no altera su condición. Son todos hombres y sombras.

Melônio Macário camina vigilante entre los pasillos formados por los hornos y comprueba el funcionamiento de cada uno con mirada experta. Su ropa es del color del cielo: color carbón. Tiene la mirada ennegrecida y hasta las pestañas le pesan a causa del hollín. En la boca tiene un regusto amargo y el olor ardiente de las llamas del carbón le impide distinguir cualquier otro aroma. Ante un tonel de agua amarillenta se quita el sombrero de paja y sumerge la cabeza durante unos segundos. Aunque el día es frío, en los corredores de los hornos el calor es intenso. Inclina la cabeza para secarse con un pedazo de tela que lleva en el bolsillo, vuelve a calarse el sombrero y se encamina hacia el improvisado cobertizo.

Se acerca a un hombre tumbado en un catre de colchón mugriento y desgarrado. El ambiente está tan cargado de humo, que a cualquiera le escocerían los ojos y le costaría respirar. Melônio Macário le roza el brazo y susurra su nombre. Lleva dos días enfermo. Tiene una infección intestinal que le duele muchísimo. Dos compañeros se lo llevarán hoy a su casa.

—Señor Melônio, me duele mucho.

—Tranquilo, muchacho, hoy te llevarán a casa.

El hombre le señala un cubo que tiene junto a la cama. Melônio extiende el brazo y se lo acerca. El hombre inclina la cabeza sobre el cubo y vomita. Está muy débil y cada vez que vomita el dolor se agudiza.

—Están al llegar.

Melônio saca del bolsillo el pedazo de tela y le enjuga el sudor de la frente.

—Señor Melônio, no quiero morir aquí.

—Tranquilo, muchacho, que no te morirás. Yo que estoy viejo y las he pasado de todos los colores, sigo aquí en pie. Te pondrás bien.

El hombre vuelve a inclinarse sobre el cubo y vomita. Melônio está preocupado, pero disimula lo mejor que puede. Se quita la medalla que lleva al cuello desde hace treinta años y se la da al enfermo.

—Toma. Ten fe, muchacho, y te pondrás bien. Apriétala fuerte y te ayudará.

Melônio Macário sale del cobertizo y llama a uno de los trabajadores, que está apilando carbón en una de las muchas montañas negras distribuidas por el lugar. A la mínima señal del capataz, el hombre acude a su encuentro.

—Xavier está muy enfermo. ¿Han dicho a qué hora vendrán?

—No han dicho nada, señor Melônio.

—¿Les has llamado, como te dije?

—Les he llamado, sí. Pero no han dicho a qué hora vendrán.

—Le diré a Zé Chico que vuelva a llamar. Dile que venga y manda al Chouriço para que le sustituya.

—Sí, señor.

El hombre corre a cumplir sus órdenes y Zé Chico se dispone a ir hasta la cabina que hay junto a la carretera, frente a la gasolinera, a seis kilómetros de allí.

—Diles que está muy enfermo —le dice—. Mis hombres no mueren cuando yo estoy al mando. Díselo. ¿Entendido? Coge mi caballo y arrea, que tengo que sacar de aquí a Xavier.

Melônio Macário le entrega unas monedas para comprar la tarjeta telefónica en la gasolinera y le dice que se dé prisa.

Antes de volver a centrar su atención en los pasillos de la carbonera, Melônio se topa con Ronivon, que hasta ese momento estaba de incógnito, al amparo de la humareda.

—¿Qué haces tú aquí, chico? —le pregunta sorprendido, tendiéndole la mano.

—¿Cómo está, señor Melônio? Tengo que hablar con usted.

—Dime.

—No sé por dónde empezar…

—Un momento, vuelvo enseguida.

Melônio se acerca a uno de los pasadizos y examina el haz de leña que van a introducir en un horno. Le grita a uno de los hombres que aparte el montón de carbón que se encuentra frente al horno, apuntando la dirección exacta. Las pilas de carbón son depositadas en el remolque de un camión y transportadas para su embalaje hasta la distribuidora, que está lejos de la carbonera.

Melônio Macário saca del bolsillo un puro a medio fumar y lo enciende mientras vuelve con Ronivon, que lo espera un poco aturdido en medio del caos. Se alejan unos metros de los hornos hasta que Ronivon siente que los ojos le han dejado de escocer.

—¿Qué? ¿Ya sabes por dónde empezar? —le pregunta Melônio.

—Verá, en el crematorio ha explotado uno de los hornos y no nos queda más que el viejo. La faena se nos acumula, en la nevera ya no caben los cuerpos y el horno viejo va tan lento que no podemos despacharlos a todos. Allí entran de uno en uno.

Melônio exhala una calada del puro y respira el humo aromático. Mascurra algo sin mover sus labios finos, pero Ronivon no lo entiende.

—Mañana llegan unos inversores, eso nos ha dicho el gerente. Unos peces gordos que van a invertir en el crematorio. Mi empleo y el de todo el personal depende de que encontremos una solución para los cuerpos, ¿ve por dónde voy?

Melônio asiente con la cabeza y le da otra calada al puro. Se queda unos instantes en silencio, pensativo.

—No dispondré de los hornos hasta la noche. Trae los cuerpos a las seis. ¿Cuántos son?

—Ochenta y siete.

Melônio desvía la mirada hacia el puro que tiene entre los dedos. Hace cuentas con la otra mano y vuelve a mascullar algo para sí.

—Son muchos, ¿no?

—Sí, no paran de llegar.

—Hornos tengo de sobra, pero necesitaré a todos tus hombres, va a ser una noche muy larga.

—¿Y cómo lo arreglamos?

—Quiero una botella de ron y otra de whisky. Pero que sea cosa fina.

Ronivon asiente con la cabeza.

—Otra cosa: tengo aquí un hombre muy enfermo, hay que llevarlo al hospital y cuanto antes. ¿Has venido en coche?

—He venido con la Lambretta de mi hermano.

—Está muy flaco. ¿Crees que podrías con él?

—Creo que sí.

Con la ayuda de otro hombre montan a Xavier en la moto, envuelto en una manta. Tienen que amarrarlo a Ronivon, porque está tan débil que apenas tiene fuerzas para mantenerse sentado. Ronivon arranca la Lambretta.

—Tú bien derecho, Xavier, ¿eh? Es la única manera. Ronivon, te espero a las seis en punto.

—Sí, señor, y muchas gracias.

Ronivon vuelve a la carretera principal conduciendo la Lambretta tan rápido como puede. Tarda veinticinco minutos en llegar al hospital más cercano. Durante el viaje Xavier ha vomitado cuatro veces. Ronivon tenía el estómago vacío y ha logrado controlar las arcadas.

En el hospital atienden y medican a Xavier. Lo deja allí, ingresado y eternamente agradecido, y vuelve a casa empapado, helado, apestando a vómito. Pero al menos las cosas se van enderezando y esa misma noche solventarán el asunto.

83

Ernesto Wesley ha dedicado su día libre a cuidar el lombricario. Le extraña un poco que doña Zema no haya venido a lloriquearle sobre Yocasta y sus gallinas, y tampoco le ha llegado ningún ruido de su casa. Doña Zema pasa buena parte del tiempo en el patio trasero, cosiendo, preparando la masa para el pan o el bizcocho y cuidando del gallinero, donde anima a poner a sus gallinas. Supone que la habrá espantado el frío o habrá ido a Abalurdes a visitar a algún pariente. Le ha echado un vistazo a la cerca de alambre que separa su patio del de la vecina y ha visto hilachas de pelo de Yocasta. A la perra le gusta rascarse en las puntas del alambre de espino. En cuanto tenga dinero Ernesto hará una cerca de madera más firme y segura. Ya tiene algo ahorrado.

Ha pasado todo el día en casa sin poner los pies en la calle. Por la tarde, después de comer, se ha acostado un rato, pero le han despertado unos golpes en la puerta. Se ha echado la colcha por encima y se ha envuelto en ella para ir a abrir la puerta. Era el chico del colmado. Se trataba de una llamada telefónica que tenía que ver con su hermano Vladimilson: el dueño de la tienda quería hablar con él. Ernesto se ha cambiado, se ha calado un gorro de lana y se puesto dos jerséis. A unos metros de distancia ha percibido la inquietud del tendero junto a la acera, la cabeza erguida como si sondeara la distancia, el pelo fino erizado. Al llegar Ernesto Wesley le ha acompañado a la trastienda, a un pequeño cuarto abarrotado de trastos que llama despacho.

Ronivon acaba de llegar a casa y va directo al baño. Se quita la ropa sucia de vómito y la deja en el patio. Se da una ducha de agua caliente y al cabo de diez minutos se siente reanimado. Cuando sale del baño, ya vestido, encuentra a Ernesto Wesley sentado en la mesa de la cocina, con el gesto desencajado. Ronivon se acerca y le toca en el hombro. Ernesto le coge la mano.

—¿Qué ha pasado?
—Vladimilson.

—¿Qué le ha pasado?

—Han intentado matarlo.

—¿Lo han intentado?

—Está en el hospital, quiere vernos.

—¿Cómo ha sido?

—Una pelea entre presos, un tipo le dio una puñalada y luego le prendió fuego. Dicen que es cuestión de horas, lo único que quiere es vernos.

Ronivon se derrumba sobre una silla y descansa la cabeza entre las manos. Se quedan petrificados. Yocasta asoma la cabeza por la puerta entreabierta de la cocina y entra andando muy despacio. Se tumba a los pies de Ernesto Wesley y exhala un gañido. Después de un buen rato de aturdimiento, Ronivon se levanta.

—Tengo que solucionar un problema del trabajo, pasaré toda la noche en la carbonera del señor Melônio Macário.

—¿De qué se trata?

—Quemaremos ochenta y siete cuerpos. Hemos tenido problemas en el Cerro de los Ángeles.

Ernesto, con los ojos húmedos, no parece prestarle atención.

—Pasa a recogerme por la mañana. Tenemos que ir cuanto antes.

Ernesto asiente con la cabeza.

—A ver si el tendero me presta la furgoneta —dice Ernesto.

—¿No prefieres ir en moto?

—Creo que nos lo tendremos que llevar.

—Es lo más probable.

Ernesto Wesley y Ronivon se despiden en la acera. Ernesto continúa hasta la tienda para conseguir la furgoneta prestada, y Ronivon, con su mochila, coge el autobús hasta el crematorio para disponer los preparativos de la larga noche.

Una hora antes del anochecer, todos los hombres que han conseguido reunir, ocho en total, trabajan ya en la ardua tarea de apilar los cuerpos en un camión de carga. Filomeno, el gerente, ha conseguido que su cuñado, que es camionero y le debe algunos favores, le preste el suyo.

Han improvisado una rampa en la parte trasera y suben los cadáveres en dos camillas. J. G., con su fuerza descomunal, los va apilando en el interior. Ronivon, que batalla con una de las camillas, rememora el escenario que ha contemplado hace sólo unas horas. La leña introducida en el horno y el carbón retirado unas horas después. En poco tiempo han conseguido apilar todos los cuerpos. Conduce el vehículo un empleado del crematorio que había sido camionero antes de trabajar como preparador de cadáveres. Tres hombres van sentados en la cabina; los otros cinco, en el remolque con los muertos y un farol que los alumbra en la oscuridad.

Tras un trayecto inhóspito de veinte kilómetros por una carretera abandonada y con pocos trechos asfaltados, llegan al lugar.

Melônio Macário está solo. Todos sus hombres se han marchado ya al barracón que queda a dos kilómetros o han vuelto a sus casas, si viven cerca.

Les espera sentado en el interior de un improvisado cobertizo, bebiendo ron y escuchando las noticias en su transistor. Oye llegar el camión, pero espera a que se presente Ronivon. Aunque está cansado y se siente viejo, tiene que seguir adelante: lo lleva haciendo toda la vida.

Ronivon asoma la cabeza por la puerta y da un toque con los nudillos en la madera del viejo cobertizo.

—Buenas noches, señor Melônio, ya estamos listos.

—¿Cuántos hombres traes?

—Conmigo somos ocho.

—Está bien.

Le da un último trago al ron y deja la botella en un estante junto con el vaso de cristal desportillado, un vaso amarillento porque siempre está lleno de ron y no se lava nunca.

86

Ronivon saca dos botellas de la mochila y se las entrega a Melônio, que las coge y comprueba la calidad de su contenido a la luz débil de un candil. Es justo lo que quería.

—Vamos. Hay que acabar antes del amanecer.

Los hombres, a las órdenes de Melônio Macário, se organizan como sus peones durante el día. Acostumbrado a quemar leña para convertirla en carbón, les explica que seguirán el mismo procedimiento. Los hornos ya están encendidos y calientes. Usarán quince hornos, con lo que trabajarán en uno solo de los muchos corredores de la carbonera. Como no hay luz eléctrica, el corredor está iluminado con antorchas. El capataz ordenará sacar el carbón animal de los hornos y apilarlo fuera, otro hombre lo depositará en un carro y lo apilará en otro lugar. El carbón animal se empaquetará en sacos y al día siguiente Melônio se lo venderá a algunas familias de la zona que todavía usan carbón vegetal en sus casas para cocinar y protegerse del frío en lo más crudo del invierno. Antes de venderlo mezclará los dos tipos de carbón, el animal y el vegetal. Así se borran todos los vestigios. Apenas le alcanza con su sueldo de capataz, y encima tiene que enviar una parte a sus dos hijas menores, fruto de su último matrimonio.

Los hombres inician el trabajo. La noche es fría, pero no ha dado aún muestras de lo fría que será al llegar la madrugada. Han traído café y aguardiente para entonarse un poco. El intenso ardor de los quince hornos también ayudará a mantenerlos calientes.

Sacan del camión la primera tanda de cuerpos. Melônio Macário lo tiene todo calculado. Deben quemar ochenta y siete cuerpos en quince hornos. Cada horno admite dos cuerpos, con lo que harán falta tres turnos. Cada incineración llevará unas cuatro horas, serán doce horas de trabajo en total para acabar antes de que lleguen los trabajadores por la mañana. Para avivar el calor de los hornos los abastecen de leña antes de introducir los cuerpos, desnudos y sin ataúd.

Melônio supervisa el trabajo y no deja de dar órdenes, que los hombres cumplen en silencio. Mientras queman la primera tanda se sienta en su silla a contemplar el espectáculo. Coge la botella de ron y el vaso amarillento, que tendrá bien a mano toda la noche, sobre un tronco. Los cuerpos huelen distinto que la leña, cuando se queman. Y tan insoportable como el hedor es la humareda. Carne a la brasa. Ronivon, que conoce el olor a quemado de la muerte, les advirtió que trajeran un pañuelo para cubrirse el rostro. El hollín que empieza a extenderse y a envolverlos es un hollín fúnebre, pero nadie quiere hablar de ello. Están cubiertos de ceniza y beben para soportar el frío y el sacrilegio. El olor repugnante se extiende por toda la carbonera. No habrá desaparecido al día siguiente ni desaparecerá jamás de su memoria.

Melônio Macário hace una señal para que saquen la primera tanda e introduzcan inmediatamente la segunda. Cronometra el proceso con el reloj que guarda en el bolsillo de la chaqueta. Están listas las tres carretillas para empezar la retirada desde el principio del corredor. Extraen el contenido de los hornos con una pala, y es cierto que sólo queda carbón. Aunque no es posible identificar por entero ningún hueso, en algunos restos se pueden distinguir ciertas partes de la anatomía humana. Mientras un grupo saca los cuerpos, otro llena de nuevo cada horno con dos cadáveres más. A Melônio le preocupan los posibles rastros. Por eso ordena apisonar con las ruedas del camión la pila de cuerpos horneados con partes carbonizadas, para triturarlos bien.

Una vez molido, el carbón se mezcla con una pila de carbón vegetal en un lugar situado al extremo de la carbonera. Después de pisarlo con las ruedas del camión, casi sólo queda polvo. Lo que no se aproveche lo esparcirá el viento.

El trabajo se ha alargado durante toda la noche y la madrugada. Después de retirar del horno la primera tanda no han parado a descansar. Comparten la bebida, aunque los hornos les mantienen calientes. Tras casi doce horas de trabajo, cuando el sol apunta en el horizonte brumoso de otro día frío, están todos tiznados e irreconocibles, convertidos en hombres-sombra. Trabajan en silencio y sólo se oye el ruido de los pasos de un lado a otro y el apilamiento de los restos de carbón. Ronivon está sentado en el suelo con la espalda apoyada en el tronco de un árbol. Observa cómo se mueven los hombres en los minutos que quedan para terminar la faena. Toca retirarse. Como en la guerra, intentan disimular los destrozos y se marchan en grupo. Ronivon está cansado y satisfecho de que todo haya terminado. El camión está vacío, no quedan rastros ni en los rincones.

El ronquido de la furgoneta se oye de lejos. Tambaleándose sobre los prominentes baches, Ernesto aparca y se baja del vehículo. Ronivon continúa sentado, observando cómo su hermano le busca con la mirada mientras saluda a algunos de los presentes y acaba distinguiendo entre ellos a un Ronivon desmoralizado. Se acerca y echa una ojeada a su alrededor. Se quita un momento el gorro y sacude el polvo del hollín.

—Parece que ha sido un buen tute —dice Ernesto Wesley.

Ronivon asiente con la cabeza.

—¿Te encuentras bien?

—No lo sé —responde Ronivon.

Ernesto extiende la mano y ayuda a su hermano a ponerse en pie.

—No te lo tomes tan a pecho, hombre.

—Ha sido un sacrilegio, Ernesto. No me lo perdonaré nunca.

—Te costará, Ronivon, pero se te pasará. Ya verás.

—Lo dudo.

—Yo he olvidado los montones de cuerpos que se han ido apilando delante de mí en todos estos años de bombero. El olor a carne quemada, las deformidades, la destrucción.

—Esto es distinto.

—Esto lo haces a diario, Ronivon. Eres incinerador. Es tu trabajo.

—Yo borro los rastros —dice Ronivon.

Ernesto Wesley abraza a su hermano y se acercan juntos a los hombres que ultiman la labor. Se frotan con un trapo mojado en el agua encenagada de un tonel, que les sirve también para beber, y eliminan la mugre que cubre brazos, rostros y cuellos.

Todos, excepto Ronivon, suben al camión pocos minutos antes de que lleguen los carboneros. Ronivon y Ernesto Wesley suben a la furgoneta y se marchan después de despedirse de Melônio Macário.

—No te olvides de la partida del jueves. Sin ti la mesa se queda coja.

—No se preocupe, señor Melônio, no faltaré.

Al igual que Ronivon, Ernesto Wesley no ha pegado ojo en toda la noche. Ha preparado una torta de maíz, dos termos de café y una crema de maíz dulce. Lo ha puesto todo en una bolsa isotérmica envuelta en papel de aluminio. Mientras Ernesto conduce, Ronivon aprovecha para reponer fuerzas y descansar. No consigue dormir. A los dos les inquieta el encuentro.

—Hasta que acabe todo creo que es mejor que durmamos allá.

—No voy a ir.

Ronivon mira incrédulo a Ernesto Wesley.

—Tengo que estar en el cuartel dentro de dos horas. Te dejaré en la estación de autobuses.

—No, Ernesto. No puedes hacerme esto. También es hermano tuyo.

—Tú eres mi único hermano, Ronivon. He pasado la noche en blanco y sé que no quiero verlo.

Silencio.

—He preparado café, natillas y una torta de maíz. Llévatelo.

—No está bien, Ernesto.

—Es lo que hay. Si tú no fueras, a mí no me importaría.

Durante el viaje hasta la estación no cruzan ni una palabra. Como si cada uno soportara el peso del otro.

Ronivon baja de la furgoneta en silencio, cargando la mochila y la bolsa con las provisiones que le ha preparado su hermano. Cuando Ernesto grita su nombre se vuelve esperanzado.

—¿Has removido el compost? Hoy toca alimentar a las lombrices.

—Sí. Está listo. Lo removí ayer.

Se vuelve cabizbajo y sigue caminando hacia la taquilla.

IX

Con una pala, un hombre corta el barro y lo machaca en el suelo mientras dos más lo criban, formando una montaña de polvo. Otro, con la ayuda de un recogedor, deposita el barro cribado en una carretilla y la conduce hasta un descampado donde trabaja una cuadrilla de hombres, agachados junto a los ladrillos de barro recién hechos. Son cerca de una veintena los que se encargan del modelado. Trabajan todo el tiempo en cuclillas y con la espalda arqueada.

Con las manos desprotegidas moldean el barro en hormas rectangulares de madera. Dos hombres se encargan de mezclar el agua y el barro para mejorar la consistencia de la materia prima, que también contiene arena. Vuelven con un galón de agua sucia, lo vierten despacio en el pequeño montículo y al momento lo remueven con una pala.

Por todas partes hay policías armados con perros. Rodean el tejar y vigilan el trabajo de los presos. Si no fuera por la policía, sería un tejar como cualquier otro, pero éste acoge a presos penados del centro penitenciario de Abalurdes. Distanciado de la ciudad, lejos de las carboneras y de las minas de carbón, se encuentra en una zona enlodada y desierta. El tejar está situado en la parte trasera de la prisión. Los presos trabajan ocho horas diarias con un día de descanso semanal. Otros grupos se encargan del huerto, la pocilga y el gallinero. Todos cobran por su trabajo. Estar preso, para algunos, es sinónimo de una vida mejor para sus familias, pues con su salario garantizan el sustento de los que están lejos. Algunos temen el momento en que se les abra la verja y sean puestos en libertad. La libertad, para la mayoría, significa no tener comida, cobijo ni trabajo. Temen lo que se encontrarán al otro lado de la verja.

No todos los presos pueden ganarse la vida. Existe un ala de seguridad donde vive la carroña. Los que difícilmente podrían convivir con los demás. Individuos cuya verdadera prisión es la maldad. Son malos. Y eso no hay quien lo rehabilite.

En fila y en cuclillas, Vladimilson coge un puñado de barro y lo deposita en la horma. Con las manos acomoda el barro, alisa la rebaba con las palmas estiradas. Espera unos segundos antes de golpear los laterales del molde con el mango de un martillo y desprender el ladrillo húmedo. Cuando acaba, avanza medio paso hacia un lado y repite el proceso.

Unas horas después, los ladrillos serán trasladados a un gran almacén con el techo de uralita. Durante el invierno y en los días de lluvia toda la producción se almacena allí. Los días de sol se deja al aire libre.

No llueve todavía, pero dentro de unas horas lloverá. Dos hombres transportan al almacén los ladrillos moldeados, donde los apilarán en estantes y permanecerán unos días antes de hornearlos.

Cuando llueve, prosiguen su trabajo bajo un toldo de protección que no protege tanto a los reos como los ladrillos.

Vladimilson goza de buena reputación, nunca ha tenido problemas con los otros presos. Es un tipo hablador y servicial. Por cada tres días de trabajo, le reducen un día de condena. El dinero que gana lo ingresa en una cuenta. Cuando salga, podrá retomar su vida. Todo va por buen camino, pero el silencio de sus hermanos le oprime el corazón. Ninguno contesta, pero él sigue insistiendo. Casi todas las semanas manda una carta.

Su delito fue involuntario, aunque pecó de imprudencia. Fue terriblemente imprudente. Moldear ladrillos le hace sentirse mejor. El contacto con lo que cree que fue el principio de la creación le hace sentirse redimido ante Dios.

Unos meses atrás uno de los presos provocó a Vladimilson. Todo empezó durante un partido de fútbol. Una disputa sobre un penalti fue el principio del fin de sus días de paz.

93

Siente las miradas vigilantes del hombre, como un perro al acecho. Trabaja con más hombres en el horno del tejar, entre los que está su amigo Erasmo Wagner.

La jornada es dura. Tienen poco tiempo para pensar y muchas obligaciones que cumplir. El modelo adoptado en la penitenciaría de Abalurdes ha dado buenos resultados, pero es sabido que en ella vive la escoria y que sus presos están marcados para siempre.

Mientras moldea el barro, Vladimilson intenta moldear también su temperamento gracias al esfuerzo. Es una excepción. La mayoría de los hombres están moldeados en cemento. Son duros como rocas. Inquebrantables de espíritu, infames.

Los hornos están enclavados en un otero. Son grandes aberturas semejantes a cavernas, con una superficie plana interior donde se moldean los ladrillos y se cuecen durante largo tiempo.

Cuando se retiran, se apilan para que se enfríen y se depositan en un almacén hasta que un camión los transporta a la distribuidora.

Por mucho frío que haga, Erasmo Wagner tiene siempre el cuerpo caldeado. Ha pasado por dos pulmonías y una tuberculosis, y tiene el pulmón muy débil. Lleva un año sin contraer ninguna enfermedad. Seguramente su cuerpo se está adaptando a los cambios de temperatura.

La mayoría había acabado ya el trabajo y los condenados empezaban a agruparse para volver escoltados a sus celdas. Vladimilson se lavaba las manos en un cubo de agua, bastante sucia ya, junto a uno de los hornos. Estaba solo cuando sintió la puñalada por la espalda. El hombre no dijo una palabra, pero oía su respiración agitada. Vladimilson no cayó al suelo. El tipo lo fue empujando al mismo tiempo que lo apuñalaba y lo arrojó en el horno más cercano, humeante aún, porque los hornos no se apagan nunca. Malherido como estaba, no logró salir, sólo pudo lanzar gemidos ahogados.

El asesino se unió al grupo, pero en el recuento faltaba uno. Durante todo el día, Erasmo Wagner había presentido que la desgracia rondaba el lugar. La muerte acechaba. Miró al hombre que se mostraba impasible, como si no hubiera hecho nada. Dos policías salieron en busca de Vladimilson. Acudieron más refuerzos. Una hora después lo encontraron tostándose en el horno, aún con vida.

Dos días después, Erasmo Wagner, aprovechando la ocasión que urdieron otros presos amigos de Vladimilson, mató al hombre con sus propias manos. Lo estranguló hasta la muerte en su propia celda. Por la mañana, los guardas retiraron el cuerpo y no se habló más del asunto. En el informe consta que murió de un paro cardíaco. No hay que perder tiempo con la escoria. Conociendo la habilidad de Erasmo Wagner para retorcer pescuezos los guardias dedujeron que podía limpiar la cárcel de basura, pero él se negó. Necesitaba un motivo. Un motivo personal. Es un hombre de principios.

Ernesto Wesley oye un alboroto de madrugada en el patio. Yocasta, que suele estar siempre alerta pero silenciosa, parece agitada. Le llega el eco de sus carreras de un lado a otro, enloquecidas. Se pone un jersey grueso y sale al patio con la linterna. La bombilla del fondo está fundida. Llama a la perra y no percibe en ella nada extraño. Yocasta tiene la misma expresión de anormalidad y le cuelgan hilos de baba a ambos lados del hocico. Ernesto camina por el patio, inspecciona el lombricario, la cerca de alambre, todos los rincones, y no encuentra nada. Le pregunta susurrando el porqué de tanta agitación. Imagina que serán los ratones. Regaña a la perra y vuelve a la cama. Se despierta unas horas más tarde cuando la luz del día se filtra por las rendijas de la ventana de su habitación. Se había dejado las cortinas abiertas. El día anterior trabajó pocas horas y salió antes, pero hoy le toca una guardia de cuarenta y ocho horas.

Intenta no pensar en Ronivon y en lo que pueda estar pasando en ese momento. No lo consigue. Sólo piensa en eso. Pone a hervir un cazo con agua para hacer el café. Mientras hierve el agua, se da una ducha caliente. Vierte el agua caliente en un colador de tela con café molido acoplado a la boca del termo y lo cierra. Se viste y se acerca a la panadería más cercana a comprar pan, mortadela y mantequilla.

Vuelve a casa y se sienta a desayunar. Sintoniza la emisora de noticias y tarda unos quince minutos en comer, sin prisa. Va vestido ya para el trabajo. La bolsa con el uniforme y sus enseres personales está sobre el sofá de la sala. Necesita tener todo el día ocupado. Necesita mantenerse ocupado.

Después de desayunar coge de debajo de la pila el saco de pienso de Yocasta y abre la puerta trasera. La perra se acerca a saludarlo. Le cambia el agua y le sirve una buena ración en dos cuencos, para que no le falte comida mientras está fuera.

Hay dos ratones muertos junto a la puerta. Los envuelve y los tira a la basura. Vuelve a la cocina y coge un paquete de pipas de girasol. Echa un puñado en un cuenco de plástico para Yocasta, que se sienta a comer tranquilamente.

A Ernesto le extraña que las gallinas de doña Zema escarben en su patio. Atisba el patio contiguo, que está silencioso. Desierto. Hace días que no se observa ningún movimiento al otro lado de la cerca.

Muchas de las gallinas escarban un hoyo abierto en su patio.

Le extraña que ninguna gallina se haya acercado al lombricario, como suelen hacer.

Ernesto Wesley se acerca a las aves con intención de espantarlas. Le parece que picotean algo muerto, que podría ser un ratón. Alguno que ha matado Yocasta. Pero, mientras se dirige al lugar atestado de gallinas, piensa que Yocasta no permitiría jamás que picotearan sus ratones. Es una perra posesiva, habituada a dejar el fruto de su vigilia en la puerta de sus amos.

96

Ernesto espanta a las gallinas y llega al centro del tumulto, donde están la mayoría. En lugar de retroceder, avanzan hacia el hueco. Ernesto las ahuyenta a patadas y se dispersan cacareando. El rostro, las manos y parte de los brazos de doña Zema están hechos jirones. Los huesos están a la vista. Ernesto siente náuseas. Horrorizado, intenta imaginar qué ha podido pasar. Mira a Yocasta, que come sus pepitas de girasol.

Corre tan rápido como puede hasta el teléfono público de la panadería, llama al cuartel y pide que le pongan con la policía. Al poco tiempo llega un equipo de socorro e inmediatamente después la policía.

Harta de los ataques a sus gallinas, que seguían cruzando la cerca de alambre para picotear en el lombricario de Ernesto Wesley, doña Zema decidió envenenar a Yocasta. Preparó salchichas con matarratas y las echó en el patio para tentar a la perra. Se quedó de guardia, esperando a que se las comiera, pero Yocasta se limitó a olerlas y ni siquiera las probó. Doña Zema cogió el único bistec que le quedaba en la nevera, que se estaba descongelando para el día siguiente, y lo envenenó. Decidió saltar la cerca para azuzar a la perra. La madrugada era tan gélida que hasta Yocasta se quería recoger. Cuando la mujer llegó al patio, la perra se le acercó y olisqueó lo que llevaba en las manos. Doña Zema dejó el bistec en el suelo y esperó. Sintió unas punzadas en el pecho y falta de aire. Le pesaban las piernas y no podía caminar. Doña Zema se desmayó, en lo que tal vez era un principio de derrame cerebral. Yocasta pasó la noche abriendo una fosa, una cavidad lo suficientemente grande para acoger a una mujer tan pequeña como la vecina. Doña Zema todavía estaba viva cuando la enterró. Con el hocico, la perra arrinconó las salchichas y el bistec envenenados. Por la mañana, Yocasta estaba muy sucia de tierra, pero Ernesto Wesley se limitó a darle un baño con agua tibia y regañarla por ensuciarse tanto.

La policía llegó y dejó que los bomberos retiraran el cuerpo de la mujer. Encontraron el bistec y las salchichas repartidas por los rincones. Se llevaron el material al laboratorio. Descubrieron el veneno y el médico forense dictaminó que aquella mujer había sido enterrada viva y había luchado por salir de la fosa. Al día siguiente, Ernesto Wesley empezó a construir un muro. Fue un esfuerzo económico, pero el propietario podía abonarle unos meses de alquiler por levantar el muro.

Después del episodio, a Ernesto Wesley le ha tocado el turno de noche. Cuando se marcha Ronivon aún no ha llegado, pero en el patio todo está en orden. No queda ni rastro de lo sucedido por la mañana. Está preocupado por su hermano y le ha dejado una nota pidiéndole que lo llame al llegar. Junto con la nota, sobre la mesa de la cocina, ha dejado también una tarjeta de teléfono.

No ha habido llamadas, pero al rayar el día ha tenido que atender un siniestro en la carretera. Un caballo lleva tres días muerto, probablemente atropellado por un vehículo de gran tamaño. Es una carretera con poco tránsito, lo que facilita la fuga de los causantes de un accidente. Nadie vio nada, pero la población de los alrededores no tardó en percibir una peste terrible. Los pedazos del caballo estaban esparcidos por distintos puntos de la carretera. No había ningún buitre sobrevolando la carroña. Un hecho curioso es que en Abalurdes no se ven nunca buitres. La población se encarga de devorar a sus muertos, transformándolos en cenizas. El caballo podrido desprende el hedor más intenso que Ernesto ha olido en su vida. Se huele a un kilómetro de distancia. Cuantos más hombres se aproximan más le revuelve los sentidos la carroña. Protegidos con mascarillas, guantes y botas, se distribuyen por la carretera y recogen con una pala los pedazos del animal, que van guardando en bolsas de plástico. Acaban todos impregnados del hedor, y al llegar al cuartel se dan una ducha para eliminarlo. Puede que a Ernesto Wesley le sirva para eliminar también los malos recuerdos, porque fue en ese mismo tramo de carretera donde murió su hija. Solían ir allí a depositar rosas. El baño sólo elimina el olor de la carroña, los recuerdos permanecen: seguirá conviviendo con ellos a diario. Se siente mal y vomita bajo la ducha. Está acostumbrado a ver cosas terribles, pero lo que de verdad le revuelve el estómago es pensar en su hija muerta.

Cuando acaba su turno vuelve a casa. Ronivon no ha llegado todavía. Se dedica a cuidar del lombricario y destruye los hormigueros que le señala la perra. Cuando todo está en orden, se sienta en el patio arropado en una manta y se queda dormido con Yocasta a sus pies.

Le despierta un golpe en la puerta. Se levanta y entra en la casa. Ronivon pasa directamente a la habitación sin contestar al saludo de Ernesto, que se sienta en el sofá de la sala y espera a que su hermano se decida a hablar. Al cabo de veinte minutos Ronivon se anima a hablar. Se le ve muy cansado.

—¿Cómo ha ido?

—Bien.

—¿Bien?

Ronivon saca de la mochila una botella de desinfectante de dos litros, con la etiqueta de color violeta y aroma de lavanda. Está llena hasta la mitad con las cenizas de su hermano.

—Saluda a Vladimilson.

Ernesto mira la botella mientras Ronivon la deposita en una mesa baja frente a él. Ronivon se sienta en un sillón con los pies encima de la mesa. Está más cómodo, pero no menos apenado.

—Lo he despachado todo por mi cuenta. Si hubieras venido no habría habido la menor diferencia. Cuando llegué me miró, alargó la mano y sufrió un paro cardíaco. Simplemente. Quería decir algo, pero sólo pudo soltar un gemido. Y yo no pude decir más que «mierda». Me asusté mucho. No hubo tiempo para más. Corrí y llamé a una enfermera, pero no pudieron reanimarlo.

Ernesto Wesley coge la botella de desinfectante y la posa en su regazo.

—Me las apañé en un pequeño crematorio que había allí. El incinerador es amigo mío y pasó a Vlad el primero para que yo no tuviera que esperar y pudiera volver hoy.

—¿Cómo estaba él?

—Muy mal. Parecía un pedazo de carbón. No podía sobrevivir, estaba desahuciado. Sin rostro. Quemado de arriba abajo.

Guardan silencio.

—¿Quién se lo hizo?

—Dicen que discutió con otro preso, que todo empezó por un partido de fútbol.

—Pues a él no le gustaba mucho el fútbol.

—Eso mismo pensé yo.

—¿Qué van a hacer?

—Nada. No harán nada.

Ernesto Wesley mueve la cabeza en sentido afirmativo y sigue mirando sus pies en silencio.

—¿Por qué no harán nada?

—Me han dicho que otro preso se ha encargado ya del tipo que mató a Vlad. Era amigo suyo y le vengó. Fue muy cobarde lo que hizo el asesino. Arrojó a Vlad al horno del tejar, después de darle varias puñaladas. Un hijo de puta.

—Deberíamos escribir al preso que vengó a Vlad para darle las gracias.

—No se me había ocurrido. Es una buena idea.

—¿Sabes cómo se llama?

—Erasmo Wagner. Le falta poco para acabar la condena, por lo que me han dicho.

—Le escribiré.

Después de esas palabras Ernesto Wesley se sumió en una especie de sopor, inmóvil y pensativo. Había rechazado durante mucho tiempo las cartas de su hermano, pero ahora quería saber más sobre Vladimilson. Bajó la cabeza y lloró agarrado a la botella de desinfectante. Ronivon le abrazó y se pasaron el día llorando, mientras afuera llovía sin parar.

Esa misma noche empezó a escribir una carta a Erasmo Wagner. Una carta larga. Erasmo Wagner no había recibido nunca una carta en la cárcel. Ésa la guardó en el bolsillo. Cuando lo pusieron en libertad fue a ver a Ernesto Wesley y Ronivon. Pasaron horas hablando sobre Vladimilson y riendo de lo desastrado que era. Así transcurrió toda una tarde de verano. En ningún momento hablaron de desgracias, aunque estaban los tres rodeados de ellas y les tenían pavor. Los recuerdos dolorosos los borraban con lo que tenían más a mano y lo que tenían más a mano era la vida, que un día se extinguirá para todos. Sin darse cuenta, los tres celebraban el hecho de estar vivos. Son hombres que han aprendido a seguir adelante, a dirigir su mirada hacia el lado menos miserable.

X

Al cabo de unos días Ronivon lleva a J. G. a su casa. Yocasta lo reconoce al momento, aunque se muestra insolente y sólo se interesa por su cuenco de pipas de girasol. Ernesto Wesley acaba de deshidratar tres bandejas de lombrices en los hornos de ladrillo que construyó hace poco en el patio. Le han encargado un pedido cuantioso sus compañeros de trabajo, que han decidido salir a pescar en su día libre.

J. G. recorre el patio hasta que localiza el mejor lugar para plantar un esqueje de rosas blancas. Lo ha sacado de uno de los rosales que plantó en el jardín cinerario del crematorio. Ernesto y Yocasta se unen a ellos. J. G. se arrodilla con dificultad y cava un agujero en la tierra. Ronivon deposita allí las cenizas de Vladimilson que seguían en la botella de desinfectante y se la pasa a su hermano, que acaba de vaciarla. J. G. prepara la tierra y planta el esqueje de rosas blancas. Los hermanos se santiguan en silencio. J. G. mira desconfiado a Yocasta, que durante el tiempo que vivió ahí no le permitió plantar nada. Pero la perra está quieta y lo observa todo en silencio.

—Ya está —dice J. G. levantándose.

—Ahora a esperar —dice Ronivon.

—La primavera está a punto de llegar —dice J. G.

Ernesto Wesley no dice nada, pero clava algunas estacas de madera alrededor de la planta para protegerla de Yocasta hasta que la perra se acostumbre a la novedad. Ronivon trae un rosario que era de su madre y lo cuelga de una de las estacas.

Al concluir la tarea Ernesto Wesley se siente en paz.

Cada día vigilará el rosal, que crecerá y florecerá ante sus ojos. Coge su bolsa y se dispone a salir para el trabajo. Hace de nuevo la señal de la cruz y lee una oración clavada trás la puerta de la sala. En su profesión, nunca se sabe lo que puede pasar ni puede estar seguro de que volverá. Se ha ido acostumbrando a lo imprevisible, a la muerte y al horror.

El crematorio Cerro de los Ángeles vuelve a funcionar. Sobre lo que pasó hace unas noches nadie ha dicho ni pío. Está prohibido hablar del asunto. Han recibido entusiasmados el nuevo horno. Por la mañana, cuando Ronivon cruza la cancela del crematorio, ve a una mujer parada a pocos metros de distancia. Es Marisol, la hija de Palmiro. Es joven, pero está muy ajada. Lleva el pelo teñido de rubio, viste ropa ajustada y calza botas rojas de charol. Está fumando y parece nerviosa.

—¿Ronivon?

—Para servirla.

—Soy Marisol.

Ronivon se queda patitieso, pues suponía que la mujer ya no se presentaría. Llegó a sospechar que era sólo una fantasía del viejo Palmiro, pero ahí la tiene. Le estrecha la mano, y la invita a entrar en el crematorio y a esperarlo en recepción. Al cabo de unos minutos Ronivon regresa del sótano.

—Te escribió muchas veces durante los últimos ocho años.

—Algunas cartas las recibí, pero siempre ando mudándome. No paro quieta en ninguna parte.

—Se pasó la vida esperando que dieras señales de vida.

Ella sigue callada y enciende otro cigarro.

—Te ha dejado todo lo que tenía de valor. Aquí lo tienes.

Ronivon le entrega un saquito con los dientes de oro. Ella examina el contenido.

—Están todos. Puedes contarlos.

Ella dice que no con la cabeza.

—Es un dineral. Tu padre llevaba una fortuna en la boca.

Ella ríe tímidamente. Está nerviosa.

—Me ha dejado los dientes. Pensaba que sería otra cosa.

—Decía siempre que quería que tuvieras sus dientes.

Ella guarda el saquito en el bolso, le da las gracias y le pregunta dónde está. Ronivon señala el guayabo y le dice que está enterrado al pie del árbol.

—¿Lo habéis tostado? —pregunta la mujer, con cierta ironía.

—Lo incineramos, sí.

—Me lo imaginaba. En esta mierda de sitio todo acaba de la misma manera. Hecho ceniza.

La mujer calla. Ronivon sigue frente a ella, esperando que acabe de fumar.

—Es el sitio más triste que he visto en mi vida —dice.

—Es el único que conozco —responde Ronivon compungido.

Marisol apura el cigarro y tira la colilla al suelo. Le da las gracias a Ronivon y da media vuelta sobre sus botas de charol para acercarse al árbol donde está enterrado su padre. Ronivon la despide con una señal de la cabeza y se agacha para recoger la colilla. Cuando la mujer ya se ha alejado se acerca Geverson y los dos la observan inmóviles, el uno al lado del otro, mientras camina hacia el árbol.

—Es la hija de Palmiro, ¿verdad?

—Ha venido a buscar los dientes.

—Menuda lagarta. ¿Qué te ha dicho?

—Poca cosa.

Marisol se queda un rato junto al árbol. Habla un poco y llora un poco también. En Marisol es todo un poco. Después cruza la cancela del crematorio, tuerce a la derecha y desaparece.

Ernesto Wesley recoge los muertos entre los escombros abrasados después de apagar el fuego con las mangueras. Ha sido un largo día y el frío no ha concedido un solo instante de tregua. Ha caído algún chubasco intercalado pero ni siquiera ha logrado aplacar el fuego, que cuando despierta está listo para arder sin cesar. La lluvia de cenizas ha durado mucho tiempo.

A diferencia de la nieve, que blanquea el paisaje y le da un aspecto mágico, la ceniza lo vuelve todo sombrío y tapona cualquier resquicio de esperanza. El fuego ha empezado en una fábrica textil a unos veinte kilómetros del centro de Abalurdes y se ha propagado por toda la manzana. Viviendas, establecimientos comerciales, escuelas, todo ha sido devorado por los lengüetazos del fuego, con la ayuda del fuerte viento. Se podía ver de lejos la gigantesca humareda negra, densa como un muro de cemento, que al sobreponerse al rojo de las llamas creaba en el aire imágenes distorsionadas, como si trataran de señalizar la furia, la desesperación y la muerte.

Una vez sofocado el fuego hay que tener cuidado con los restos, o sea, con los escombros. Se desploman a la mínima y ayudan a sembrar la destrucción: hay quien logra escapar del fuego para quedar luego sepultado por inmensas estructuras que lo aplastan.

Es una profesión complicada, la de Ernesto Wesley. Todos los días está dispuesto a lanzarse a la muerte; no para morir, sino para salvarse. Así como Palmiro consideraba que sus dientes eran un bien precioso, Ernesto Wesley sabe que al final sólo quedan los dientes y que debe cuidarlos. Así, si un día no consigue escapar del fuego al que se enfrenta tan valerosamente, no acabará convertido en mero carbón animal.